문학과지성 시인선 431

모두가 움직인다

김 언 시집

문학과지성사

문학과지성사에서 펴낸 김언의 시집

한 문장(2018)
거인(2021, 문학과지성 시인선 R)

문학과지성 시인선 431
모두가 움직인다

초판 1쇄 발행 2013년 7월 26일
초판 8쇄 발행 2022년 3월 24일

지 은 이 김언
펴 낸 이 이광호
펴 낸 곳 ㈜문학과지성사
등록번호 제1993-000098호
주   소 04034 서울 마포구 잔다리로7길 18(서교동 377-20)
전   화 02)338-7224
팩   스 02)323-4180(편집) 02)338-7221(영업)
전자우편 moonji@moonji.com
홈페이지 www.moonji.com

ⓒ 김언, 2013. Printed in Seoul, Korea

ISBN 978-89-320-2422-6 03810

지은이는 2010년 서울문화재단 문학창작활성화지원사업 기금을 수혜했습니다.

문학과지성 시인선 431

모두가 움직인다

김 언

2013

붉은 윤

흰 말에게

모두가 움직인다

차례

시인의 말

미학

나는 혼자서는 쉽게 놀지 않는다. 어딘가에 타인을 만들고 있다.

고요하고 거침없이 적을 만든다. 그를 사랑해도 좋다.

그와 무엇으로 대화하겠는가.

적당한 간격을 두고 위험에 대해
아름다움을 말하고 있다.

나는 혼자서는 쉽게 취하지 않는다.
어딘가에 항상 손님을 만든다. 분노를 만들기 위해
그를 쫓아가도 좋다. 꼭 그만큼의 간격으로

누군가를 방문하고 멱살을 잡는다.
나는 혼자서는 쉽게 풀지 않는다. 어딘가에 꼭 오해를 만들고 있다.

유령 산책

이 시간이면 그 도시도 전혀 다른 새벽을 보여준다.
나의 발걸음도 수상하다. 아무도 없을 때
멀리서 걸어오는 사람이 보였다.
그의 눈에 띄면서 나는 드디어 사람이 되었다.

직전의 영혼은 모두 유령이었다.
누가 발견하기 전 나의 걸음은 어디서도 발견되지
않았다.
나의 보행과 나의 생각과 나의 입김이 그의 눈에서
순간 빛나고
나는 놀란다. 사람이 된 것이다. 아무도 없을 때

나는 어디에도 없었다.
어디에도 없는 나의 보행이 걸어가면서
그를 본다. 멀리서 걸어오는 그를.
한 사람의 윤곽과 어렴풋한 입김을
그 생각을.

멀리서 나를 발견한 그는 가까스로 유령에서 빠져나왔다.

터벅터벅 걸음을 옮기고 있다. 직전의 나처럼.

청색은 내부를 향해 빛난다[*]

너는 배제되고 있다
파란색과 파란색 사이에서
푸른색과 푸른색 사이에서
블루도 아니고 그린도 아니며
어깨 너머 걸린 피카소의 청색시대도
아닌 곳에서
    G. 그라우브너의
정말 순수한 빨강도 정반대편에서
빛나지 않는 곳에서 얼룩도 아니고
세척한 뒤의 얼굴도 아닌 지저분한 단색
요동치는 구름의 선명한 표정도 아닌 곳에서
되도록 이름을 멀리하며 늘 있다고
생각하는 사람들의 믿음과
착각을 배신하며
세상 모든 페인트 회사들이
뿌려놓은 이름과
     이름 사이에서
지중해 눈부신 코발트빛 물결도 너를

살짝 비껴간다 베티 블루의 우울한

여주인공도 너와 상관없는 곳에서 웃고

떠들고 좌절하고 만다 색깔이

다 빠지고 나면 남는 색깔

너를 지칭하기 위해 존재하지 않는

어느 책에선가 본 것 같다

                       소유하지 않는

주인이 소유하지 않는 노예를 거론할 때

잠시 보았던 것 같다 너의 이름을

너의 색깔과 너의 분명한 없음을

어느 주소록을 뒤져봐도 찾을 수 없다

어느 도시에선가 본 것 같다 뒷모습의 베티

지중해의 다른 날씨 방금 전 피카소가

떠났던 또 한 명의 여자와 캔버스에서

너는 존재한다

                한가운데 너의 이름은 없다

* Julius Hebing의 그림.

정체성

그에게는 보이지 않는 선수가 있다
자정에도 결혼하는 남자가 있다
중세에도 공항이 있으며
기억에는 한계가 있다
회화에도 한계가 있다
올라갈 수 없는 계단이 있으며
시간이 무한정 들어가는 노래가 있다
뒤엉킨 손과 팔다리가 있다
내 경력의 대부분은 거기서 쌓았으며
고래와 관련된 일은 아니다
그는 물고기가 아니니까
밀가루도 아니니까
붕어빵의 깊은 고민이 거기 있다 그게 누굴까?

동의하는 사람

누군가 나의 이름을 착한 사람이라고 부를 때
그 이야기의 주인공은 묵묵히 동의한다.
누군가 그의 이름을 악한 사람이라고 부를 때도
그 이야기의 주인공은 반대할 의사가 없다.

두 번에 걸쳐 그는 거짓말에 친숙해졌다.
그 이야기의 주인공을 말하는 사람과
그 이야기의 주인공이 말하는 사람은
늘 모함에 시달리고 모함에 빠진 자신의
계략을 한 번도 의심해본 적이 없다.

그에게는 그를 지켜보는 많은 사람들의 눈이 없다.
눈, 코, 입을 말할 때의 귀도 없다.
그는 오로지 보고 듣고 말하면서 떠나왔다.
떠나면서 완성되는 그의 인격이
많은 사람들에게 들리지 않는 이유
많은 사람들이 주목하지 않는 이유

그는 많은 사람들이 주목하는 기피 대상이다.
그 목소리가 뚜렷하게 목구멍을 파고든다.
그를 한 번도 본 적이 없는 사람들이 그를 말한다.
그를 한 번도 상상해본 적도 없는 사람들이
그 이야기를 만들어냈다. 그는 어디선가 떠도는
등장인물이 아니라 바로 눈앞에서 떠나온 나의 실
체다.

대사가 없을 때 그의 인격은 완성된다.
지문을 섞어가며 그의 미래는 움직인다.
그는 착한 사람이거나 나보다 악한 사람의 얼굴을
순진하게 다 보여준다. 밖으로 향한 그의 눈동자가
끌고 가는 이 이야기의 두번째 진실은
창문을 통해서 빛을 통해서 모조리 숨어버렸다.
그 이름은 분명하고 암담하다.

그는 동의하거나 동의받지 못한 사람이다.
한 사람이 동의하고 두 사람이 침묵하는 동안

그 사건은 이리저리 주인을 옮겨 다닌다.
이야기는 제멋대로 굴러다닌다.
내가 아니면 누군가의 불길 속에서
그가 아니면 한 사람도 없는 바닷가에서
그는 달려온다. 그가 뛰어온다.
그는 한 사람 속에 서 있다.

빅뱅

시간이 차곡차곡 채워져서 폭탄에 이른다
일 초는 일만 년의 폭발
순간은 영원을 뇌관으로 타들어가는 심지
태아는 울고 태어나는 순간
거꾸로 매달린 세계를 고통스럽게 입에 담는다
보지 않는 세계의 보이지 않는 웅성거림과
차가운 열기를 내뿜으며 다가오는 대기
죽음으로 대변되는 이 검은 색조의
밝은 별을 눈에 담기 위하여
잔해 위에 잔해를 쌓아 올리는 아이는 운다
출발은 멀었고
이미 도착한 이 세계에서 물결은
물결을 거슬러 올라간다
얼마나 더 올라가야 암흑에 다다를까
방금 전까지 잠잠하던 폭발이
한 점도 너무 넓은 세계를 흔들어 깨웠다
내가 돌아다녀야 할 곳이 아직도 남았다고 믿는
그 세계를

아이 혼자 담겨서 운다

무덤은 멀었고 이미 도착한 요람에서

방황하는 기술*

친구가 있고 여자친구가 있으며
토론이 있고 회합 장소가 있다
내가 하룻밤 묵었던 호텔이 있고
매음굴이 있으며 유치원이 있고
가끔 쉬어가는 벤치가 있다
학교로 가는 길이 있으며
장례를 지켜보는 무덤들이 있다
지금은 잊혀진 유명한 카페가 있고
한번은 누군가를 기다리다가
미로의 입구에서 나를 발견했다
얼마나 많은 방황이 필요하고
얼마나 많은 기술이 필요한가
이런 것들을 잃어버리기 위해서는
지나온 길을 또 지나가기 위해서는

* 발터 벤야민.

죽은 지 얼마 안 된 빗방울들의 소설

1
자신의 이름에서 만족을 빼야겠지만
그러면 미안해지거나 우스워지겠지

게시판에 없는 아이들이 우르르 달려와서
일원으로 살 건지 관찰자로 살 건지
고민하라고 말랑말랑한 혀를 두고 갔다

코가 몹시 피곤하다
나는 아예 눈에 띄지 않는다

2
그 새벽을 거니는 사람은 게이가 아니면
유령이 되어야겠지만

경음악과 춤밖에 없는 노래를 부르며
단어는 조금 더 외로워졌다
문장은 조금 더 상냥해졌다

불평이 없으니까
차례차례 늙어가는 햇빛을 요리하는 기분을 먹었다

저기 문이 떠내려온다

3
저기 지붕이 떠내려온다
죽은 지 얼마 안 된 빗방울들의 소설

나는 얌전히 어린아이를 추억하는 도시가 되어가는
자살자의 새로 발간된 철학을 오해한다

"망각해서는 안 된다 방황해야 한다"
미로를 없애면서 새로운 혼잡을 만드는
거리, 공원, 백화점, 호텔, 사무용 빌딩, 아파트와
상가

그리고 훨씬 많은 공장과 책을 읽어야 한다

4
행복한 지식이 별로 없다
배회하는 바위들의 제임스 조이스:

한 사람이 죽고 아파트 경비가 그 사실을 발견한다
그의 부친이 고향에서 달려오고 장례는 간소하게
치러졌다

다음 날
아버지는 아직도 오고 있다

밤늦게까지
지하철과 버스가 시내를 돌아다닌다

5
둘이 만나는 순간은 없다

싫어하는 악기는 색소폰이지만
좋아하는 음악은 재즈에 가까운 것처럼

감정은 바다를 건너간다
사라진 엉덩이에 힘을 주고

누군가 벗어놓은 구두의 방향을 예측하고 고민하고
집에 돌아와서 액자를 떼어내고 말하는
이 자리에는

6
벽이 있어야 한다

나는 아예 눈에 띄지 않는다
궁하고 딱하고 차가운 파스칼의 어린 시절:

7

a는 크고 b는 작다
c는 작고 d는 크다

어느 것이 가장 큰가

b와 c가 경합 중이다
a와 d가 경합 중이다

상승과 하강

그때는 모두가 이륙하는 순간이었다
날개를 펼친 검둥오리도
못 박힌 구두도
맨발의 흉악범도

그동안 바빴고
상승과 하강을 계속한다
물 밑에서 물밖에 모르는
고등어와 정어리의 배 속에서
나의 뇌는 푹푹 익어간다

무슨 글자든 비슷한 목소리를 낸다
나머지는 모두 못에 걸려 있는 인형
사람의 내부가 왜 이리 어두울까
들어가보지 않고
악몽을 꾼다

매일매일 똑같은 의자에 앉아 있다

평면의 끝에서도 상승과 하강
그동안 바빴고
혀끝은 점점 버릇이 없어진다
터무니없이 좋아하고
내 주먹보다 큰 돌멩이

유리창은 딱 한 번 깨졌다
저 여자는 창밖을 내다보고
개는 왜 짖을까
너무 눌러쓰고 싶은 모자에게
잃어버린 손 인사를 한다
집에 두고 온 표정을 지으며

외로운 날짜와 허우적거리는
팔다리를 저어간다
뒤돌아보지 마라
모든 달리기는 멈추었으니
상승과 하강

날개를 펼친 검둥오리도

못 박힌 구두도

뒤쫓아 오는 개의 헐떡거림도

혼자 있었다
—『시계태엽 오렌지』에서

쌓인 눈이 없어서 혼자 있었다.
겨울에도 꿀벌들이 분주해서 혼자 있었다.
누구나 같은 말을 하고 있지만
하루는 맑았고 하루는 혼자였고
날짜가 없어서 풀과 꽃과 공감할 수 없는
노래 옆에 혼자 있었다.
이상한 불어 발음을 내고 있고 나쁜 아이는
문밖으로 나가면서
휴지를 버리고 조용해졌다.

이불을 널고 있으면 반듯하게 누워서
아직도 구름 따위를 따라가는
태엽이 덜 감긴 인간들을
둘러앉아 비난했다. 띄엄띄엄
한 여자가
한 남자가
한 노인이 한 턱수염이
한 조명이 일정한 곳을 쳐다보다가 정지했다.

나는 서른여섯 살이고 혼자 있었다.

열여섯 살까지
일생에서 최고의 시를 쓴 시인은
따끈따끈한 저녁식사가 차려진 집에 앉아 있지 못
한다.
난롯불은 혼자 있었다. 옆방도 혼자 있었다.
내가 원하는 것도 혼자 있었다.
신문에서 오려낸 사진도 태어나지 않을 내 아이도
혼자 있었다.

스스로 놀랄 때까지 철이 들고 있다.
인형은 자라서 짐승이라기보다
평범한 스프링 장치. 온갖 일직선들이
주변에서 꽝꽝 부딪쳤지만 세상 끝까지
그런 일은 계속되겠지. 이제 나는 열여덟
주저앉은 별은 시끄러우니까
혼자 있었다.

간밤에 두 개의 풍경이 있었는데 혼자 있었다.

둘 다 시인이었는데 또 누가 있을까?

나는 식사하는 문장을 쓴다

1
나는 식사하는 문장을 쓴다. 식탁 위에서
다른 사람의 입속에서

열심히 다른 말을 찾아간다. 먹고 남은 음식의 찌
꺼기를
나는 봉지 속에서 쥐어짠다. 뇌가 터질 지경이라고
진단하는 의사의 머릿속에서도 쥐어짠다. 그 단어를

2
잉크가 떨어져서 나는 열심히 소화 중이다.
배운 대로 행하는 문장들이 먹은 대로 토하는
문장을 쓰고 있다. 하늘이 아니면 바닷가에서
사막이 아니면 어느 숲에서 낱말은 기어이 행동이
되려 한다.
연기는 기어이 달아나는 문장을 쓴다.
누군가는 기꺼이 익사하는 문장을 쓴다. 달아나다가
제 속에서 허우적대는 팔과 다리를 가지고 나오는

것이다. 식탁 위에서

3
칼이 고기를 자른다.
음식이 신체에 퍼져가듯이

이 단어는 퍽 사교적이다. 이 단어는 좀처럼 인상
을 바꾸지 않는다.
그것은 퍽 생산적이다. 생각할수록 침이 고이는
그 빵집에서 롤케이크 하나와 샌드위치 하나
동전 다섯 개를 돌려받았다. 금액을 알 수 없는 가치
가치를 알 수 없는 단어와 단어 사이에 떨어지는
빵 부스러기
허옇게 먼지를 바르고 하얗게 뼛가루를 뒤집어쓰고
총알은 튀어 나간다. 나는 익사하는 문장을 쓴다.

4
식탁 위에서

다른 사람의 입속에서

　명사는 걸어간다. 동사는 말을 하지 않는다. 수사
는 이걸로 족하다. 그다음 문장.
　달팽이는 흘러가고, 점액질의 그 단어는 걸으면서
위장하는 능력이 있고, 감추는 화법은 스스로 익사하
는 문장 속에서 부족한 단어를 끌어모아 발버둥 친다.
이거라도 붙잡고 올라오는 연습. 식탁 위에서
　다른 사람의 입속에서

　5
　저 혼자 있어도 외롭지 않은 운동. 좀처럼 인상을
바꾸지 않는 그 단어의 가장 오래된 뿌리는 정복군의
말 위에서 튀어나왔다. 강압적으로 거리는 거리라고
쓰고, 이름은 이름이라고 고쳐 부르고, 흘러넘치는
유행은 흘러넘치는 유행으로 조정된다. 적지 않은 반
항까지 섞어서

짐승은 짐승으로 분류된다.

6
고기는 고기로 분류된다.
누군가의 입에서
겨울이라는 단어가 가지고 있는 발
돌멩이라는 단어가 가지고 있는 손목
눈에 섞여서 날아오는 감정은
아직도 소화 중이다.

7
그 음식의 활동 반경은 차곡차곡
모래 위에 모래를 쌓고 바다 위에 바닷물을 채우고
육지 위에 숲을 쌓아 올린다. 아니면 사막
아니면 입술 없는 입속에서 우물우물
씹고 있는 문장. 너무 많은 단어가 범람할 때
너무 많은 뿔이 달린 머리를 상상할 때

나는 식사하는 문장을 포기하고 쓴다.
누군가의 입에서 하수구로
식탁에서 다시 냄새나는 목구멍으로
올라오는 그 단어를.

겨우 두 사람이 있는 대화

한 사람이 어디 갔다.
달갑지 않은 그가 문을 열어주었다.

먼 길 오신다고 고생한 당신은 누구십니까?
방금 전에 도착해서 아직 경황이 없는
나를 설명해야 되는 사람입니다.

내가 반가워하기에는 아직 이른 시간이군요.
네 몹시도 배가 고프고 지친
개를 버리고 왔습니다.

이런 매정한 사람이 있나?
사람이라곤 우리 둘뿐인데
개를 얘기하다니.

그 개의 품종은 처음 보는 사람을
마구 무는 버릇이 있습니다.
그 개의 연령은 다시 태어나도 개입니다.

매정한 데다 정직하기까지 한 당신의
이름을 묻지 않을 수가 없군요.
고향이 어딥니까?

참으로 순한 이름을 가진 개였지요.
메리도 아니고 빙고도 아니고
함흥이라고 들었던 것 같습니다.

여기서 꽤 먼 곳에 두고 오셨군요.
네 실감이 안 날 정도로 먼 곳에서
도망 왔습니다. 거기가 어딜까요?
여기가 어딘지도 모르는데,

두 개가 엉겨 붙어 짖습니다.
컹컹 하면 멍멍 합니다.
그 목소리가 굴러가는 대로
당신을 대접하겠습니다.

38

주사위가 필요하면 주사위를
세월이 필요하면 좀더 많은 시간을
굴려봅시다. 모래시계라도 뒤집을까요?

글쎄요. 벌써 매미가 우는 아침입니다.
가장 늦게 일어난 매미가
자신의 가치를 알까요? 멍멍
우리가 무엇을 모르겠습니까? 컹컹

문 앞에 있는 내 목소리가
나는 이렇게 생겼다고 말합니다.
침대에 있어야 할 그 목소리가
몹시 푸석푸석하군요.

아 입을 벌려보세요.
모래라도 긁어내게요?
당신 입에서 나는 고향 냄새가
우리 집을 더 못 찾게 만드는군요. 컹컹

바위에서 떨어져 나간 모래는
내 잘못이 아닙니다. 멍멍
돌멩이에서 떨어져 나간 바위도
내 잘못이 아닙니다. 컹컹

여기가 어딥니까? 그 질문은
내가 할 차례입니다.
도착하고 싶은 곳이 어딥니까?
나는 장소를 갖지 못합니다.
아침이 올 때까지

한동안 코를 박고 잠드셨습니다.
거기서는 어땠나요?
나보다 당신이 더 짖더군요.
모르는 개와 함께

아니면 당신과 함께

무슨 얘기를 더 나누겠습니까?
그거 참 안됐군요. 컹
나도 참 안됐습니다. 멍

이제 떠나야겠군요.
거기가 어딘지도 모른 채
당신이 누군지도 모른 채
도착한 그곳에서.

내가 돌아오기 전까지는

우리는 진지했고 재미가 있었다
내가 돌아오기 전까지는
정치적으로 일치했고 문화적으로
성숙했다 내가 돌아오기 전까지는
그 말이 훌륭했고 먹음직스러웠다
한 알의 알약을 열 조각 스무 조각
쪼개어도 우리는 한 알의 친구들
내가 돌아오기 전까지는
눈부시게 발전하는 속도도 빛의 속도
일없이 더디 가는 시간도
빛의 시간 그래서 말했다
우리는 우리가 돌아오는 것을
모른다고, 몰라도 된다고
모두가 돌아오기 전까지는
아무도 없는 이 공장에서
굴뚝이 피고 연기가 젖고
당신은 쉽게 합의하였다
당신도 쉽게 합의하였다

당신마저 쉽게 합의하였다
이 테이블에서 당신이
돌아오기 전까지는
밤새도록 협상하는 시간이
매일 아침 극적으로 악수하는
시간이 필요 없었다
마지막까지 동의하지 않는
사람이 필요 없었다
내가 돌아와서 모든 것이 바뀌었다
내가 돌아와서 당신이 돌아오고
한 사람씩 짐을 싸고 이곳을 떠난다
모두가 돌아오는 사람들뿐이다
매일 아침 극적인 타결을 위해

우연의 법칙

한 번 울면 안 되고
두 번 울어도 안 되고
세 번 울어야 우연을 벗어나지
네 노래는 리듬을 타고
네 어깨는 단조로운 슬픔에 밀려서
눈에 띄지 않는 밤하늘
밤공기의 가지런한 호흡 속에서

한 번은 수상한 별이 터진다네
두 번은 고개를 갸우뚱하고
세 번은 하늘에 매설해놓은 땅이
차곡차곡 밤을 옮겨 간다네
방향도 없이

모래알의 수상한 질서를 찾아가는
바닷가에서 한 사람씩 떨어진 눈을 주워 담고
고개를 치켜들고 한 방울씩
해변의 모래알을 떨어뜨린다네

소원은 무궁무진하고
어디서 무엇이 나올지 모르는 밤의 백사장

깨어진 유리 조각에서 놀란 빛이 튀어나와
하나씩 비밀 상자를 떨어뜨리고 간다네
우연히도 눈에 띄는 모래알
모래알을 굴러가는 둥근 주사위의 뚜껑이
가리키는 숫자는?

혁명

내가 아는 너와
네가 아는 나 사이에
뭐가 지나갔을까
생각하는 사이

무언가가 사라졌다
내가 아는 너와
네가 아는 나는
그게 무얼까

알아차리지 못한다
무엇이 사라졌는지 모르고
서로를 이해한다
내가 아는 너와
네가 아는 나만 남겨두고

무언가가 사라졌다
사라진 그곳에서

한 사람이 추가되었다
두 사람이 추가되었다
이름도 없이

우리만 남겨놓았다
내가 아는 너와
네가 아는 나와

좀 전과는 다른
무엇이

너는 금요일에 걷다가

너는 금요일에 걷다가
나는 토요일에 걷고 있다
너는 눈을 감고 걷다가
나는 너의 눈을 보고 있다

너는 말 한마디 없이
나는 너의 입을 믿고 있다
너는 오고 있고 여전히 도착하고 있다
정지하는 순간 너는 내가 아니다

너는 날짜를 지나서
나는 자정에 도착할 것이다
열두 시 종이 열두 번 울리고
한 번 더 울렸다

너는 바닷가를 걷다가
나는 모래시계를 뒤집었다

몽타주

뺨을 때린 장소에 얼굴이 있다. 제보가 들어왔을 때
33세 백인 남자의 얼굴을 떠올리는 사람은 바보다.
윌리라는 배구공을 떠올리는 것도 어리석은 일이다.

내일은 달아나고 없는 범인을 만나러 갈 계획이다.
손자국으로 봐서는 사람의 소행이 분명하지만
뺨에 찍힌 손바닥은 벌써 표정을 가지고 말한다.

저 말고도 남아도는 얼굴이 많습니다.
이 손이 다시 주먹이 될 때 승리를 확신하는 손은
다른 손바닥과 부딪친다. 증거가 없다.

그는 백지 위에 얼굴을 내밀고 웃는다. 배구공처럼.

암호

토끼가 토끼 발자국 때문에 겁을 먹는다.
원숭이는 원숭이 고함소리에 잠을 깬다.

유령은 유령과 마주칠까 봐 몰래 걷지만
게이는 게이 때문에 새벽의 공중화장실을 꺼린다.

두개골이 두개골과 만나서 코뿔소를 떠올리면
그림자는 그림자 때문에 몹시도 자존심이 상한다.

혼자 걷는 사람은 혼자 걷는 사람 때문에
권총을 소지하고 둘이 만나면
둘이 만난 사람 때문에 우연히 합석한다.

두려움에 떨며
스파이는 스파이와 미지의 사랑을 나눈다.

둘만의 낱말과
알 수 없는 약속 장소에서

그 개의 마지막 인사는 오줌이었지만
나 역시 부르르 떤다.

지시

그 손가락은 저쪽으로 가라는 표시 같았다.
우리는 저쪽으로 가고 있었다.
누가 지시하지 않아도 그 손가락이
어떤 모양과 어떤 재질로 만들어진
막대기라고 해도 상관없이.

우리는 가고 있다. 저쪽은 분명하다.
손가락 끝이 사라져도 손가락 끝이
겨우 끝을 보여주는 상황에서도
그것이 가리키는 곳은 오직 하나
한 곳. 기다림이 있거나
망각이 있거나 아니면 아무것도 없는
곳이라는 걸 너도 알고 나도 알고
저쪽으로 가는 모두가 알고 있지만

우리는 가고 있다. 우리가 새겨놓은
무수한 낙서들 떨어지는 먼지들
그리고 어느 누가 말년에 남겨놓은
책 한 권. 몇 자 안 되는 그 제목을 따라서

손가락은 손에서 시작하고 손은
손목에서 다시 시작하고 손목 이전의
세계는 손목 이전의 세계에 대해서
어떤 단어를 동원해도 비어 있는 그곳에서

우리는 가고 있다. 나뭇가지는 바람에 흔들린다.
나는 담배 연기를 뿜어 올리고
저쪽에서 누군가 담배를 비벼 끈다.
조용히 담뱃불을 털어내는 손가락을 기대했더라도
마찬가지; 담배는 꺼진다. 연기에 대해선
할 말이 많지만 그는 여기 없다.
불똥은 꺼질 때까지 불똥이다.
더 진행할 수 없는 상황이 올 때까지
가라는 표시 같았다. 저 손가락은
이 단순한 움직임을 지시하고 있다.

이 단순한 움직임을 이동해가고 있다.
손목 이전의 세계를 텅텅 두드리며.

이탈

돌멩이에서 바위가 떨어져 나갔다.

아주 큰 짐을 덜어버린 것이다.

이제 먼지처럼 자유로울 일만 남았는데

바위와 먼지 사이엔 또 얼마나 많은 계획이 남았
는가.

모래도 필요하고 가루도 필요하다.

연기처럼 보일 때까지 마침내

안 보일 때까지

했던 말을 또 하고 있는 강연장에서

누군가는 조용히 자리를 떴다.

작년에 이어 올해도 빈자리를 찾아서 돌아오는

사람들이 지루해하고 있다.

궤도를 벗어난 뒤에도

행성은 지루해하고 있다. 흩어지기 위하여

그 바위의 가장 큰 덩어리로부터

혹성이 떨어져 나갔다.

어디까지 가서 돌아올까?

멀리서 눈만 깜빡한다. 방금 전까지

거기 있던 먼지성운이.

먼지

나는 그때까지 고아나 다름없는 먼지였는데, 앞날이 창창하거나 야심이 많은 먼지도 아니었는데, 성실하고 우울한 먼지와 더불어 여행하였을 뿐인데, 먼지 속에 들어 있는 다이아몬드를 욕심내어본 적도 없는데, 의심해본 적도 없는데, 씨앗이 뿌려지면 자라는 바위를 의지해본 적도 없는데, 돌에서 모래로 모래에서 연기로 성장해가는 고통을 느껴본 적도 없는데, 몸에서 별이 생기기 시작하고 밤에는 돌이 깨어나는 소리를 들어본 적도 없는데, 영원히 햇빛 속에 있거나 붉은 노을의 원인이 되었을지도 모르는 나의 친구들이 저기 있는데, 멀리 있는데, 냄새가 나는데, 손에서 느껴지는데, 연기와 가스를 한입 베어 물고 내뱉는 와중에도 낙오하는 먼지, 먼지를 따라갔는데, 혜성에서 비듬이 떨어지듯이, 떨어지듯이, 온갖 신체가 우글거리는 고향에서,

기하학적인 삶

미안하지만 우리는 점이고 부피를 가진 존재다.

우리는 구이고 한 점으로부터 일정한 거리에

있지 않다. 우리는 서로에게 멀어지면서 사라지고

사라지면서 변함없는 크기를 가진다. 우리는 자연스럽게

대칭을 이루고 양쪽의 얼굴이 서로 다른 인격을 좋아한다.

피부가 만들어내는 대지는 넓고 멀고 알 수 없는

담배 연기에 휘둘린다. 감각만큼 미지의 세계도 없지만

삼차원만큼 명확한 근육도 없다. 우리는 객관적인 세계와

명백하게 다른 객관적인 세계를 보고 듣고 만지는 공간으로

서로를 구별한다. 성장하는 별과 사라지는 먼지를

똑같이 애석해하고 창조한다. 우리는 자연으로부터 나왔지만

우리가 만들어낸 자연을 부정하지 않는다. 아메바

처럼

　우리는 우리의 반성하는 본능을 반성하지 않는다.

　우리는 완결된 집이며 구멍이 숭숭 뚫려 있다.

　우리의 주변 세계와 내부 세계를 한꺼번에 보면서
작도한다.

　우리의 지구가 어디에 있는지 모른 채 고향에 있는

　내 방을 한 치의 오차도 없이 찾아간다. 거기

　누가 있는 것처럼 방문을 열고 들어가서 한 점을
찾는다.

영점

쓰러졌던 피아노가 다시 일어서고
흩어졌던 알약들이 다시 모이고
떨어졌던 빗방울이 다시 구름의 형체를 찾아간다
너무도 자연스럽게
던져졌던 야구공이 투수에게로 돌아온다
발사되었던 총알이 얌전하게 장전되고
찢어졌던 상처가 칼자국을 버리고 다시 아문다
과녁에 박혔던 화살이 공기를 가르며 맹렬하게 돌
아온다 시위대를 향해
헤엄쳐 오는 성난 화염병과 돌 조각이 공중에서 뚝
멈출 때
참았던 숨을 터뜨리며 올라오는 익사자의 발광하는
몸짓이
서서히 여유를 찾아간다 그는 헤엄을 치고 있다
평화로운 바닷가의 날씨가 돌변하기 전까지
더듬더듬 길을 찾아서 돌아가는 그의 캠핑카는
방금 전에 생긴 사건을 까마득히 모른다 다시 고향
으로 돌아갈 때까지

계단 위에 계단을 쌓던 파도가 차곡차곡 허물어지
고 있다

영점을 맞추기 위해 궁사가 다시 활을 집어 든다

남아도는 부품

당신이 들고 있는
머릿속엔
남아도는 부품이 많다
당신의 마음엔
심한 제약이 많고
믿을 수 없이 많은 정보가
줄줄 새는 날에도
당신의 무한한 지능은
왜 그렇게 생각하는지 모른다
왜 그렇게 행동했는지 모른다
남아도는 계획 때문에
기억 때문에
꿈 때문에
끝나지 않는 사랑 때문에
당신의 머리는
그렇게도 큰 머리를 밀어내려고
애쓰는 산모의 입을
겨우 틀어막는다

남아도는 표정은 많다
놀란 얼굴 하나가 그 안에 있다
실패한 부품 하나가
머리부터 쑥 밀고 나온다

떨어진 얼굴

머리는 땅에 떨어졌다. 누구의 도움도 없이 머리는 일어날 생각으로 골똘하다. 일어난다는 생각은 무겁다. 어디선가 달려온 두 손이 머리를 받쳐 들고 고민한다. 이건 누구의 생각일까. 일어난다는 생각. 혹은 들고 있다는 생각. 생면부지의 두 손이 머리를 감싸 쥐고 흔든다.

머리는 돌처럼 굳기 전의 생각을 잠시 보여준다. 얼굴은 하늘을 향해 있다. 방금 전까지 그 얼굴은 땅을 쳐다보며 걸었다. 그리고 땅에 떨어졌다. 이상하게 생각이 많은 머리는 누군가의 손처럼 어색하다. 아 입을 벌리고 눈을 감고 있는 얼굴이 올려다보는 암흑.

머리는 굴러떨어졌다. 멀리서 수십 명의 군중이 몰려온다. 곧이어 수백 명의 얼굴이 떨어진 얼굴을 구경하기 위해 달려들 것이다. 그들은 복원할 생각이 없다. 그들은 흥미 때문에 열광한다. 머리는 모종의 고집 때문에 떨어졌지만 손에서 떨어진 지갑이 받는 대우와 다르지 않다.

그들은 사소한 호기심을 가지고 다닌다. 누군가의 호주머니에도 늘 의문은 남아 있다. 길에서 머리나 지갑 따위를 잃어버린 이유. 조금 있다가 잃어버린 그 사실까지 다 잊어버린 이유는 이제 군중의 몫이다. 머리뿐인 주인공을 보기 위해 광장은 비어 있다.

머리는 굴러가고 있다. 이 땅에서 저 땅으로 도착한다. 그건 땅에 가까운 사람의 변명. 이건 또 하나의 운신. 저건 누구의 편일까. 굴러가는 머리를 향해서 손은 묻고 또 묻는 것이다. 머리는 입을 벌리고 있다. 단 한 번의 대답도 없이. 썩어가는 냄새와 함께.

냉담

죽은 자는 죽은 자답게 말한다 나 좀 치워달라고
했던 말을 또 하는 주정뱅이는 주정뱅이답게
술값을 계산한다 누구보다 정확하게
어제는 만 원 오늘은 백만 원 매일 달라지는
월급봉투를 갖다 주는 남편은 매일 달라지는
가장답게 오늘은 덥다고 말하고 내일도
덥다고 말한다 한겨울에도 얼음이 얼지 않는
남방한계선과 북방한계선이 만나는 곳에서
죽은 뒤에 떠오르는 시체는 죽은 뒤에
떠오르는 시체답게 도로 가라앉는다
나 좀 데려가달라고 형체도 알아볼 수 없는
얼굴을 하고 그가 돌아왔을 때도 그를
알아보는 사람은 그를 알아보는 사람답게
냉담하게 말한다 내 남편이 아니라고
고개를 절레절레 흔드는 전사자의 아내는
팔만 한쪽 남은 영안실의 주검 조각을 들고
쥐어짠다 이게 얼마 만의 눈물이냐고

공허한 문장 가운데 있다

나는 공허한 문장 가운데 있다. 어떻게 써도 시가 되지 않는 문장 한가운데 내가 유일하게 시라고 생각하는 단어가 들어왔다. 문을 열고 똑똑 노크를 하는 그는 이미 들어와 있었다. 그의 전신이 단어 하나로 응결된다. 그는 장면을 바꾸어 내가 책상이라고 부르는 어떤 의자 위에 엉덩이를 걸치고 앉아 딱 한마디 의견을 늘어놓았다. 그것은 글을 쓰라는 손동작 같기도 하고 이제 그만 가자는 뜻의 부드러운 권유 같기도 하다. 그의 등 뒤로 향하는 엄지손가락이 문밖을 가리킬 때 나는 이미 나가 있었다. 문밖에서 이 일상적인 문장 안으로 들어온 그의 정체를 곰곰이 생각해보기도 전에.

그는 장면을 바꾸었다. 나는 단어 하나를 열심히 떠올렸다. 연기? 아니야. 유령? 그건 너무 일상적이지. 그럼? 그가 되물을 때마다 나의 입놀림은 불완전한 확신을 바꾸어간다.

문법에 맞는 그를 찾는 것을 포기했다. 비유적인 표현으로도 그는 그 자신의 온전한 비밀을 다 털어놓지 못한다. 그가 교도소에 있다면 나는 이미 탈옥 장면을 방영하는 영화 채널에 시선을 빼앗기고 있을 때이다. 그가 나무 위로 올라갔다면 내가 이미 나무에서 떨어진 한 사람의 시체를 무관심하게 처리하고 있을 때이다.

이건 내가 모르는 사람이 분명합니다.

검시관의 말은 충분히 납득이 가지만 보고서가 들려주는 의견은 조금씩 다르게 보고된다. 그는 어제 다리에서 떨어진 사람입니다. 그는 어제 비행기에서 추락한 사람입니다. 그는 어제 분명히 잠수함을 타고 나갔습니다. 그는 어제 바다에서 건져 올린 의문의 편지 한 통입니다. 나는 이제 그 고백에 무관심합니다. 나도 이제 그를 건져 올린 기억이 없습니다. 한번 가라앉으면 다시는 올라오지 않을 분노를 삭이며 나는 밖에서 기다렸습니다.

우연히 지나가는 문장은 그 즉시 노트에 채집해두지 않으면 매번 날씨를 바꾸는 나비의 형제가 될 것입니다. 나비의 본령은 문학과 무관한 곳에 있습니다.

나비의 이웃도 내 문장에선 관심 밖의 사항입니다.

그는 이런 문장을 썼습니다.

내가 방문하면 문을 열어줄 것! 그는 이미 문을 열어놓았습니다. 내가 도착했을 때 문밖에 있던 몇 사람이 불만에 가득 차서 문을 에워싸고 있더군요. 하나같이 자신의 말을 경험할 수 없는 사람이었습니다. 내가 들어간다고 말하면 스스로 들어가 있는 자신을 목격할 수 없는 사람들이 이미 들어가 있는 그를 다시 불러내려고 애쓰는 모습. 참 딱합니다. 그는 이미 문을 열고 들어갔는데. 그는 이미 문을 말하던 그의 입술을 지워버렸는데. 귀도 없고 눈도 없는 문장 속에서 그는 나올 생각이 없는 것처럼 행동하는 말을 되풀이합니다.

그는 실제로 존재합니다.

싫증 때문에 내가 이 글을 쓰고 있다는 것도 사실입니다. 실증이 아니라 싫증 때문에 직장을 가지기가 힘들고 직장을 다니기도 힘들고 직업을 가져본 적이 없기 때문에 무한히 싫어지는 나의 과로가 납득하기 힘든 문장을 만들어냈습니다. 나 오늘 결근이야, 나 오늘 야근이야, 나 오늘 조퇴야, 나 오늘 월차야, 나 오늘 그만뒀어. 그리고 한마디. 다니고 보니 유령회사더군. 사장도 없고 월급도 없어. 상사도 없고 사무실도 없어. 나 혼자 걸어 다니는 복도에서 누가 걸어와서 열쇠를 쥐여주더군. 이 문을 열면 곧 출근하게 됩니다. 사장은 맨 나중에 출근하니까 나는 여기서 조금 더 기다려야 합니다.

당신이 사장입니까? 그의 얼굴을 빤히 들여다보는 내 얼굴에서 무한히 먼 존경심이 우러나온다면 누군들 사장이 되지 못하겠어. 그 역시 내 얼굴을 빤히 들여다보는 그 얼굴에서 인자하고 수상한 눈빛을 내보내는 거야. 나는 이 문장의 관리인입니다.

아 관리직이군요. 아니 관리실에 있습니다. 방금 전에 저 복도 끝에서 발견했지요. 내가 들어갈 만한 협소한 장소를 마련해준 그분께 감사드립니다. 그분은 언제 오시나요? 어제부로 퇴근하셨습니다. 오늘이

출근하는 날 아닌가요? 생각보다 의심이 많군요. 비
서 주제에.

　세상의 모든 사장실과 회장실 주위에서 웅성대는
소리가 들렸다. 비서를 뽑은 것이 누군데, 우리를 힐
난하는 거야. 그리고 세상의 모든 화장실 주위에서
수군대는 소리가 들렸다. 필요하다면 사장을 갈아치
울 거야. 회장은 언제 모셔 와도 부족하지 않으니 기
다리라고 해.
　그들의 말 한마디 한마디에 나는 물도 내리지 못하
고 겁을 먹고 있는 관리실의 그 사나이를 불러내고
싶었다. 똑똑. 노크 소리를 못 들었다면 이런 말이 유
용하다. 나는 방금 전에 문을 열었습니다. 그는 바지
도 올리지 못하고 울고 있었다. 당신 주제에 비서가
되었다는 말로 내 행동을 무마하려고 합니다. 맞아
요. 당신 주제에 화장실에서 울고 있는 게 말이 되나
요? 당신은 관리실로 복귀하고 나는 내 사무실을 찾
아가는 도중에 복도를 잃어버렸습니다.

복도 끝에는 그가 있다고 했는데. 관리실에서 흘러 나오는 그의 흐느낌이 어디까지 흘러갈까요? 내 귀는 도중에 떠내려갔습니다. 나의 신분과 함께.

나는 비교적 높은 자리를 차지하고 있습니다. 당신이 오기 전까지. 당신이 와서, 이봐 내 책상 내놓으라고 말하기 전까지. 나는 진급된 걸까요, 쫓겨난 걸까요? 다시 물어봅시다. 나는 이제 누구의 자리에 앉아서 서류를 정리하는 내 모습을 지겨워할까요? 저기 복도 끝에 있습니다.

거기는 서류가 없는 고장인데, 그 고장의 사람들은 모두 관리직인데, 올해는 포도 농사가 잘되었다고 즐거워하는 아버지와 어머니의 전화를 기다리는 사람들인데, 갑자기 내가 들이닥쳤다. 이봐, 내 책상 내놔. 모자와 손전등과 열쇠 꾸러미도 내놔. 후레시 여기 있습니다. 모자는 이미 벗어놨고요. 열쇠는 딱 하나가 모자랍니다. 참 착실한 사람이었는데 열쇠 하나만 믿고 사라진 친구가 돌아오면 돌려받으세요.

자꾸 변해가는 내 모습을 지겨워하는 것도 나의 변하지 않는 특징이다. 특기란에는 웃음. 취미란에는 울음. 그리고 매달 한 차례씩 변덕을 부리는 날씨를 존경한다. 그를 설명할 수 있는 단어도 수십 가지가 되겠지만 나 역시 심플하다 못해 공허한 몇 개의 이미지로 변심할 수 있다. 나는 착하디착한 내 얼굴에서 열쇠가 들어갈 만한 구멍을 찾지 못했다.

식물의 인간성

나는 퉁명하고 이성적이고
인간이라곤 전혀 없는 병원에서
의사를 돕는 사람과
의사를 돕는 사람을 돕는 사람을
지망했다

다 모여서 환자는
아프다는 문장과 함께 있었다
가혹한 현실은 모르는 차트와 함께 있다고
복도에서 만난 가지런한 이빨 자국이 말했다
식물의 깊은 잠은 오 분이라고

오 분간 세월이 흘렀다
한 살 더 먹고 여름이 올 때까지

한번 들어간 목구멍은 길고
한번 들어간 목소리는 암담하다
장례식이 근처에 있다는 생각을

인간이라곤 전혀 없는 병원에서 누군가 했다
모르는 문병객들과 함께

그는 304호 누운 방에 있었다
한 살 더 먹고 여름이 길 때까지

추모할 줄 모르는 분위기가 열기를 더해갔다

어느 괴롭고 화창한 날

축구장에는 사람이 두 명
인조 잔디가 세 개
빈 병이 하나

그런 비율로
식은땀이 흘러가는 오후

바다로
사라진 물건은 하나
오래 생각하는 머리가 둘

발목은 많아서
운동장을 가득 채운 먼지가

접전을 벌인다

하나냐 둘이냐
안 보이는 축구공으로

카운터

긴 밤을 보내고 갈 건지 짧은 밤을 보내고 갈 건지
나한테 말해달라 내가 도와주겠다 너희들의 밤을

열쇠가 필요하다면 열쇠를 구멍이 필요하다면
훌륭한 구멍을 찾아서 보내주겠다 너희들은 신분을
속이고 찾아온다

모르는 사람은 부부로 말쑥한 신사는 자살자가 되어
찾아온다 어린 여고생들도 찾아온다 동반하기 위해
서 마지막으로 그들이 신청하는 것

그들은 천국의 문을 열기 위해 열쇠를 찾지 않는다
지옥조차도 생각하지 않고 이름을 남긴다

내일 아침 한 명의 실종자가 버젓이 살아 나가더라도
놀라지 않는 표정으로 너희들을 맞아주리라 어서
오너라

네게 쥐여줄 수 있는 열쇠는 많다 되도록 고요한
방이면
더 좋다 바다가 보이는 창문이면 더욱 좋다

밤바다가 흐느끼는 소리 새벽바람이 몰아치는 소리
그거라도 느낀다면 나는 살아 있겠지 그것이 좋아

그것이 두려워서 보험을 들고 아무도 찾아가지 않는
상속자의 미래는 너무 멀리서 절망하고 있다 생각
이 너무 많으니까

너무 희박하니까 문을 열면 두 사람의 나체
한 사람의 시신 여러 사람의 약병이 나뒹굴고 있다

섞일 수 없는 몸은 없다 들어오는 순서가 다를 뿐
그들은 와서 미처 몸을 챙겨 가지 못했다

온갖 부스러기와 땀을 남기고 간다 목숨이 아니면

가장 가까운 탯줄을 끊고 간다 거기서 탄생하는 것
이 무얼까

한 사람은 취했고 한 사람은 매일 새로운 열쇠를
건네준다
쉬었다 가라고

허물허물 똑똑

뱀의 노크 소리를 못 들었다는 사람이 문을 열고 나와서 내게 묻는다. 뉘시오?

나는 아까 전부터 여기 서 있었는데 뱀의 노크 소리를 못 들었다는 그 사람의 구부정하고 어리둥절한 태도를 이해할 수 없다. 손가락으로 나뭇가지를 가리켰다. 저기서 온 것 같다고.

그는 분명 나뭇가지 너머를 가리키고 있다고 생각한 모양이다. 나는 그런 주문을 한 적이 없는데 고향에서 탄생한 돌을 은쟁반 가득 담아 왔다. 이제 막 나뭇가지를 내려와서 몸을 푸는 그 돌을 먹으라고 권하는 것이다. 나는 그런 주문을 한 적이 없는데

돌은 벌써 껍질을 벗고 있다. 목구멍 너머 열심히 다른 말을 찾아가는 것이다. 혀를 날름거리며.

마주 잡은 손

내 손에 남은 차가운 손의 임자에게 물었다. 돌이 와서 나를 만진 적은 있어도 손이 와서 나를 만진 적은 없었습니다. 그것도 내 손을. 그걸 질문이라고 하고 있는 당신 손은 지금 내 손을 몹시 거북하게 만듭니다. 만약 당신의 손이 허공을 지나는 중이었다고 해도 당신을 만지고 있는 무엇을 당신은 말할 기회가 충분히 있었을 겁니다. 물론 내 손은 너무 많은 참견 때문에 청결하기는커녕 시끄럽고 난잡하고 누구를 만나도 만났다는 느낌을 잠시도 느끼지 못합니다. 그러나 당신 손은 분명합니다. 이렇게 질문과 대답을 이끌어내고 있으니. 글쎄요. 나는 여전히 할 말이 없는 상태를 지향합니다. 내 말은 여전히 입이 궁금한 손을 그리워하지 않습니다. 그는 만났고 그는 침묵했고 그는 있었고 그는 사라진 남자, 여자, 아이, 노인, 아니면 사물을 원합니다. 당신은 정직하고 참으로 무감하군요. 감정을 건드리는 사고는 나한테 어울리지 않는 이름을 붙이는 것과 같아요. 그는 사람입니다. 그가 유령이라고 해도 상관없는 말투군요. 네 나는 내 손에 대해 당신만큼 뜨거운 열정을 가질 수 없습니다. 내 손이 당신 손의 열정을 무안하게 했더라도 나는 무감합니다. 정직하고요. 언제까지 붙잡고 있어도 똑같은 질문과 대답, 그리고 땀이 흐르는 둘 사이에 이제 다른 식의 접촉은 불필요한 것일까요? 땀이 흘렀다면 그건 당신 땀입니다. 그럼 공유하는 땀이라고 해두죠. 누구 땀이든 우리 사이에서 가장 가까운 사물로 존재하니까. 이 끈적끈적하고 불편한 상태에 내가 단 한 마디의 불평도 없이 언급도 없이 당신의 결별을 기다리고 있는 상태를 당신은 정말로 무감하게 얘기하는군요. 나 역시 정직하기 때문입니다. 당신의 감정에 대응하는 내 손의 온기와 열기와 끈기와 또 무어라고 달리 표현할 길이 없는 혈기를 감추지 않는 것. 그것이 나의 정직입니다. 당신 손은 정말로 아주 긴 시간 내 손의 냉기를 식히기 위해 애쓰는군요. 열기가 냉기를 식히면서 냉기가 열기를 북돋우면서 우리는 점점 우리 사이의 거리감도 잊고 존재감도 잊어갑니다. 잊기 위해서 우리는 계속 맞잡고 있어야 한다는 뜻인가요? 잊기 위해서 똑같은 말을 하고 있는 것보다는 낫겠지만 이건 좀 너무하군요. 걸어도 걸어도 혼자뿐이니. 내 손이 무감한 만큼 당신 손은 멀리 있고, 멀리 있거나 아예 없고 당신은 언제부터 여기 있었는지 모를 거울입니다. 나 말고 아무도 없는 대화가 여기 있습니다. 당신을 처음 만나고 나서 나는 산책을 계속하고 있습니다. 온통 모르는 사람들뿐이에요. 감히 악수를 청할 수도 없는 나무, 돌멩이, 벤치, 가로등, 새끼 도둑고양이, 그리고 한밤중의 늦은 귀갓길에 만난 그의 이름은 여전히 불명료함이며 관심 없는 사항입니다. 그가 입을 열면 나는 손을 내밀 겁니다. 마치 오래전의 친구를 다시 만난 것처럼 이름을 묻고 주소를 확인하고 가족 관계까지 일일이 챙겨서 돌아올 겁니다. 그리고 간단히 손을 씻으면 그만입니다. 내일부터 다시 그를 만나기 위해 나는 무표정한 표정으로 복잡한 거리 이곳저곳을 산책할 것입니다. 오늘 만난 당신은 여태 이름을 못 물어보았지만요. 당신은 어디 사는 누군가요? 지금으로선 당신 손의 무관심한 친절에 감격해하는 한 돌멩이라고 해두죠. 돌도 땀을 흘리면 이렇게 흥분한답니다. 말을 더듬거나 아니면 했던 말을 자꾸 삼키며 겁을 집어먹기도 하고 용기를 얻어먹기도 합니다. 나는 발끝에 툭 차이는 존재이기도 하고 누군가의 뒤통수를 향해 날아가는 흉기가 될 수도 있습니다. 당신 손에 따라 내 손은 순한 양이 될 수도 있고 순한 양을 좋아하는 늑대가 될 수도 있습니다. 내 손은 무언가를 사육할 만한 울타리가 못 됩니다. 가둬둔다고 모두 온순한 짐승이 되는 것도 아니고요. 내 손이 그렇게 으르렁거립니다. 당신 손이 반응했으니 나 또한 얼마 안 남은 이 시간을 만지작거린 보람을 느낍니다. 돌아가서 뿌듯한 비누칠을 하고 거품마다 샘솟는 질문에 대해 아낌없이 칭찬을 해줄 겁니다. 준비해둔 대답이 많은 모양이군요. 대답은 그때그때 바뀝니다. 칭찬이 그때그때 목소리를 바꾸듯이. 하루는 나긋하고 하루는 인자하고 하루는 못 들은 척 다시 질문합니다. 오늘은 누구를 만났고 오늘은 누구의 손을 어루만지고 혼자 왔을까? 사라지지 않고 데려오지도 않은 그 손의 임자에 대해 나는 귀를 막고 대답합니다. 귀를 덮고 있는 그 손이 어쩌면 응답의 표시겠군요. 침묵의 표시이기도 하지요. 이렇게 끈질긴 침묵을 방금 전까지 경험했으니 마주 잡은 손에게 어떤 감사를 드려야 할까요? 수인사만으로 충분합니다. 한 손은 고독하게 한 손은 군중 속으로 나머지 한 손은 터벅터벅 혼자 있는 거울을 다시 보러 갈 테니까요. 거기서도 외면하면서 나를 쳐다볼 건가요? 만지면서 생각해볼게요. 어쩌면 그보다 지속적인 대화도 없으니까요. 아니면 각자의 호주머니 속에서 중얼거려야겠지요. 그때 만난 그 손을 어루만지며. 차갑게 혹은 뜨겁게.

무슨 소용이 있을까?

나에게는 팔이 하나 더 있다.
나에게는 손이 하나 더 있어야 하지만
물갈퀴가 달린 발이 하나 더 있다.
발가락 사이에 엷은 막이 들어가서
유영하거나 잠수하는 데 유용해야 하지만
이것만으로 수중생활이 가능할까?
나는 발가락 끝에서 생각을 더 키워본다.
상상하면 실패하고 실패하면 발가락이
더 돋는다. 바다 쪽을 향해서 아니면
호수 쪽을 향해서 그도 아니면
다시 육지를 향해서 자라는 발가락.
넓어지는 물갈퀴의 다른 목적은
뭍을 지나 벌판을 지나 어느 순간 상공에 가 있다.
나에게는 팔이 하나 더 있다.
나에게는 발이 하나 더 있어야 하지만
발가락이 너무 커서 펼쳐진 날개가 하나 더 있다.
겨드랑이보다 바쁜 날갯죽지가 하나 더 있다.
땀내를 간직할 만한 여유가 없는 상공에서

활강하는 방식은 추락하는 방식과

분명 다르다고 믿는다.

한쪽 팔이 겨우 잡아주는 균형

한쪽 날개가 겨우 일으키는 양력 때문에

나머지 두 팔은 버둥거릴 여유가 없다고 믿는다.

나머지 두 다리도 버둥거릴 거라는 생각을

물에서부터 이미 버리고 왔다. 하늘에서

내가 나는 모습이 어떤 모습일까?

내가 잠영하는 모습을 상상하며

새가 날고 있다. 공중에서 팔 하나에 매달려

모든 것을 집중하는 그것은 어느 순간

땅을 짚고 있다. 분명 날개라고 믿는다.

더 자라는 팔을 힘껏 저으며.

이 물질의 이름

시끄럽게 흘러가는 물소리를 듣는다.
말소리와 다투어야 했다. 좀더 긴 문장을 위해
아무도 듣지 않는 한 사람의 어리석음을 위해
마치고 마치고 마친 다음에야 시작하는 문장.
나는 오줌을 누면서 생각한다.
나는 입술을 닦으면서 생각한다. 입술을 훔쳤다고
고백할 수도 있는 이 문장을 다시 생각한다.
여기서 만져지는 물질이란 모두 내가 만지기 위해
탄생한 물건들 이름들 형제들 그리고 하나같이 죽
는다.
둘이 죽고 나면 셋이 남고 셋이 죽고 나면
더없이 많은 숫자를 다시 헤아려야 하는 이름 때
문에
이 물질의 이름은 부적합하다. 손톱은 손톱 때문에
나무는 나무 때문에 굴뚝은 굴뚝 때문에 모두
연기가 될 수 없다. 한 사람씩 허공을 내젓는다.
세 번 네 번 고개를 젓다 보면 저절로 굴복하는
자신의 운명을 이제 생각하지 않는다.

이 문장 말고도 생각할 것이 많다. 물질은 손을 떠날 때

한 번 더 이름을 보여준다. 그 전까지 그 이후에도

우리의 통성명은 무척 자연스럽게 이루어지고 곧 잊는다. 다시 만날 것처럼.

거의 비어 있다

당신의 배경은 종이인가 담벼락인가 다 구겨진 영
사막인가

당신은 뚜렷이 서 있는 방법을 잊어버렸다 창문도
대문도

벽도 없는 공간이 만들어놓은 안식처에 당신은 겨
우 붙들려 있다

겨우 튀어나오는 목소리는 공기의 이동과 다르지
않다

대기의 흐름과 다름없는 당신의 이동과 정지 알 수
없는

공기들이 죽어 있는 대로변에서 갑자기 튀어나온
공백이

두려워서 화면은 움직인다 소리도 빛도 모두 정체
상태에서

움직인다 하나씩 차례차례 앞자리가 비는 대로 뒷
자리가

채워주는 대로 전진하는 빛 차오르는 소리 냄새와
그림자

거의 모든 것이 비어 있는 금속의 내면이 어떤 함
성에도

움직이지 않을 때 공기를 가르는 비행의 흔적은 균
열을

가르는 망치와 정의 끝에서 시작하는 막다른 충격과

얼마나 다른가 얼마나 엇비슷한가 다 엎질러진 물
빛에도

얼굴이 굳는다 표정은 한 번 본 그대로 푸른 스크
린에 펼쳐지고

묻어난다 마땅히 분노할 만한 장소가 거기라는 듯

사람을 만나러 간다

사람을 만나러 간다.
사람을 만난다는 게 전혀 시적이지 않다는 것을
알게 된 후로도 나의 만남은 지속적이고 끈질기다.
나는 조바심이 많은 문학이다. 징그러울 정도로
같은 말을 반복하는 것이다. 사람을 만나러 간다.
둘 사이에 어떤 대화가 오고 가겠는가.
우리는 시적으로 충분히 지쳤다. 둘 사이에
어떤 시도 오고 가지 않지만 우리는 충분히
괴로워하고 있다. 그 얼굴이 모여서
시를 얘기하고 충분히 억울해하고 짜증을 부리고
돌아왔다. 사람을 만나러 간다.
더 만날 것도 없는 사람이 더 만날 것도 없는
사람을 만나러 간다. 시를 얘기하려고
오늘은 내 주머니 사정을 들먹이고
내일은 내 자존심의 밑바닥을 쾅쾅 두드리고
망치나 해머 뭐 이런 것들로 내 얼굴을 때리고 싶은
상황을 설명하고 그럼에도 꺼지지 않는 불씨를 들
먹이는

너를 만나러 간다. 사람을 만나러 간다.

너 또한 내일은 사람을 만나러 간다. 꺼지지 않는
불씨를

확인하려고 네가 만나는 사람과 내가 만나는 사람.

거기서 시가 오는가? 거기서 시를 배우는가?

우리의 만남이 전혀 시적이지 않다는 것을

알게 된 후로도 시에 대한 얘기는 끝이 없다. 억울
할 정도로

길고 오래간다. 꺼지지 않는 이 불씨가

시라고 생각하는가? 나는 아니다. 사람을 만나러
간다.

그도 안다

그는 지나다가 나를 방문했다.

소주잔이 있고 선풍기가 돌아가고 여기가 어딜까 고민하는

나의 어리둥절한 위치를 안다. 정지한 웃음이 있고 가을이 되어가는 여름이 있고

지난봄부터 겨울까지 내가 했던 책상 위의 일을

모조리 기억 못 한다는 것도 안다. 울고 싶어서 찾아온

오늘 같은 기분을 오늘 같은 두어 시간의 대화를 뒤죽박죽

회상하리라는 것도 안다. 너무 많은 담배를 태웠다는 것도 안다.

새로 생긴 감정과 술집이 있다는 것도 안다.

그는 나를 만나면 술을 안 마신다는 것도 안다.

술을 마시다가 젓가락질을 똑바로 한다는 것도 안다.

정확히 십오 분 후에 울음을 터뜨릴 거라는 것도 안다.

그는 이미 취해서 왔다. 취한 상태로

침을 질질 흘리는 그의 천진난만한 웃음이 많이 늙었다는 것도 안다.

우리가 절친한 사이가 아니라는 것도 안다.

무엇이든 시켜서 무엇이든 남기는 그의 술버릇과 시집을

나 말고 공감할 사람이 더 많다는 것도 안다.

나보다 많이 팔리는 그의 얼굴을 술집에서

더 자주 볼 수 있다는 것도 안다. 내일은

혼자서 우는 남자와 아무도 없는 식당에서

그를 알아보는 사람이 나밖에 없다는 사실을 안다.

그도 안다. 그는 지나다가 나를 방문했다.

가을비와 봄비를 휘적휘적 맞고 돌아가는 그의 뒷모습에서

배울 점이 없다는 것도 안다.

하루에 시를 네 편 쓴다는 것도 안다. 취한 상태로

처음 들어보는 외국 작가의 좌파인지 우파인지 모를

사상을 강요하지 않을 거라는 것도 안다.

주당 십만 원씩 받는 논술지도 아르바이트와 거리
가 멀다는 것도 안다.
　그도 생계를 안다. 티브이가 꺼질 때까지
　책을 읽고 잔다는 것도 안다. 학교에 들어가야 한
다는 것도 알고
　학교를 나와야 하는 것도 안다. 모기를 때려잡아야
하는 것도 알고
　모기를 살려두어야 하는 것도 안다. 지난봄부터 겨
울까지
　눈 덮인 경찰차를 상상하며 뛰어갔던 것도 안다.
　흰색이 백색이 될 때까지 백색에 커피 잔을 쏟을
때까지
　무언가에 심취해 있던 무언가의 정체를
　나한테 물어볼 필요가 없다는 것도 안다.
　그도 안다. 그도 지나다가 나를 방문했다는 것을
　웃음과 동시에 내가 일어났다는 것을.

냉담자

찾아오지 않는 사람을 우리는 이렇게 부른다. 냉담하다고.

서늘하여 여름이 가까워졌음을 알리는 겨드랑이 사이로 풀벌레 소리가 들어가서 앉는다. 혹은 안아주고 있다. 진득하게.

기뻐할 수 없는 의자에 앉아서 왕의 칭호를 듣는 사람의 발치에서 그림자도 소름이 돋는 것과 같은 떨림을 보여줄 때 미세한 사람의 미세한 손동작이 발을 주무르다가 정지하였다. 다음 순간을 위해.

역사는 수많은 자연을 끌어들였지만 치수에 성공한 역대 왕들의 무덤은 여전히 땅 밑에서 호령한다. 공기 중에서 가장 공기다운 문장을 증명하기 위해 가장 단단한 돌과 망치와 정이 필요하였던 문장.

어렴풋한 먼지 속에서 존엄은 돌이 되어간다. 돌

은 곧 둘이 되어간다. 둘은 곧 무한히 많은 둘이 되어간다.

가루를 쌓아놓고 명민한 독자가 생각하는 이 돌의 원래 문장을 복원하는 작업은 담배 연기처럼 여러 갈래 추측을 낳고 영원히 회복되지 않는 오해를 낳고 오해는 곧 신념이 되리라 다짐하는 나의 예상은 어긋날 수도 있다. 아무렴 착각이 진실이 될 수도 있는데.

환상에 빠진 나의 실내화는 마룻바닥과 운동장, 진흙탕과 모래사막, 물속과 빙판 위를 과자처럼 걸어 다녔다. 상징이라고는 비둘기 한 마리밖에 쫓아오지 않는 냉랭한 전선에도 전투화 대신 실내를 걷는 나의 속삭임과 부스러기들.

한 사람은 기도하고 있다. 한 사람은 머리카락을 매만지고 한 사람은 떨어지는 동전을 주우면서 한 사람의 하반신을 들여다본다. 저 속에 들어 있는 성경

한 구절을 꼿꼿이 세우고 호주머니 속에 도로 집어넣고 내 것이었다고 확신하는 그 믿음을 의심하지 않는 방식으로 쉬지 않고 중얼거렸다. 냉담하다고.

한 사람은 회심의 미소를 짓고 있다. 동전 위에 동전을 쌓아 올리는 수고로움이 만들어놓은 아슬아슬한 탑의 정신이 더는 몸뚱이를 지탱하지 못할 때 붕괴는 붕괴의 한 장면을 적나라하게 보여주며 균형을 찾아간다. 동전은 떨어져서 한 사람은 허리를 굽힌다.

냉하거나 후끈하거나 어느 쪽이든 무릎과 무릎이 결릴 때 어느 쪽을 짚고 일어날 것인가. 오른손과 왼손이 어찌할 바 모르는 불균형을 찾아간다. 그것도 균형이라고 착각하는 자의 여유를 어떻게 데려와서 키울 것인가. 개 한 마리도 마지못해 걷는다. 뒤뚱뒤뚱 제국은 한 걸음씩 영토를 확장하고 있다. 찾아오지 않으면 내가 찾아가는 방식으로. 쿵쿵거리며. 쿵쿵거리며.

한없이 무관해지는

음악도 귓속에서 공간을 차지한다는 생각은 내 생각이 아니다.

머릿속에 시간을 저장하는 공간이 있다는 가설도 내 생각과는 거리가 멀다.

나는 생각 없이 담배를 피우고 습관적으로 버튼을 누른다. 키를 누른다.

노트북에서 흘러나오는 찰리 헤이든의 음악을 제공하는 것도

나의 의지와 무관하다. 귓속에 들어앉은 우연한 공간 머릿속을 장악해가는

듣기 싫은 트럼펫 소리도 재즈를 싫어하게 된 나의 취향과 무관하다.

차라리 탱고가 좋다. 왈츠가 훌륭하다. 왈츠가 제맛을 내려면 문밖에서

포성이 울리는 함락 직전의 도시가 필요하다. 군중들의 소요가 극에 달한 광장을

지척에 둔 화려한 저택의 눈부신 실내조명 아래라면 더더욱 좋다.

정신없이 돌아가야 한다. 바깥은 분노 이곳은 분노
의 바깥에서

단순히 시간을 버는 장소가 아니다. 공간도 아니고
시간도 아니다.

귓속의 어딘가가 꽉 들어차서 바깥을 막고 있다.
함성은 고요하다.

눈 내리는 소란을 귓속에서 다시 저장하고 있다.
고요하게 고요하게

함몰해가는 의지를 더 크게 더 크게 몰두하면서 나
는 무관해지고 있다.

시간이 더 필요한가? 한없이 끓는 소리밖에 안 들
린다.

공간이 더 필요한가? 한없이 무관해지는

밥을 익히고 있다. 좀 전에 다 되었다는 소리를

귓속에서 다시 듣는다. 압력을 풀고 김이 모락모락
나는 그 소리를

가능한 한 멀리 가서 내다 버려야 한다는 생각을
휘휘 젓고 있다.

이 용기의 용도를 모르겠다

나는 선심을 쓰듯이 괴로워하고 있다. 생활이 더러워졌으니 어디 가서 안면을 바꾸고 돌아올까? 마음에 두었던 여자는 십 년째 늙어가고 있다. 가고 싶었던 고향은 지겹게도 나를 되풀이하고 있다. 언제 떠날 건지 묻는다. 이 고향이라는 무감한 물건을 내팽개치자니 어디서도 손이 안 닿는다. 거의 모든 곳에 귀찮은 공기가 있다. 거의 모든 곳에서 냄새가 난다. 소리는 들리고 난청은 지겹고 환각은 엉뚱한 곳에서 고향을 틀어준다. 아이슬란드. 거기까지 가려면 런던에서 집으로 돌아오는 비행기 표를 반납하고 혼자 있어야 한다. 벤치에서 비둘기가 이륙하는 장면을 바라보고 있다. 어디서든 착륙하는 비행기가 있다. 고향이 아니면 더 멀리. 혼자 있기는 마찬가지인 그릇에 담겨 물은 이동한다. 얼음도 이동한다. 이 용기의 용도를 모르겠다는 표정으로 들어앉은 공기를 바라보고 있다. 쏟지도 않았는데 태어나는 물건을 엎지르고 있다.

노새와 버새

1

시가 재미없으니까 딴생각이 행복하였다
정말 그렇냐고 물어보면
정말 그렇다고 대답할 자신이 없다
내 신념은 간단하다
내일 또 바뀌니까
기대가 크고 허풍이 심하고
자주 의기소침해진다
이쪽 뺨을 내밀고
저쪽 뺨을 내밀면
손바닥이 아플 텐데
어느 쪽이 더 아플까
군화와 얼굴이 만나서
어느 쪽이든 멍이 들 때까지
때려야 한다
서로가 서로를 믿고서

2

각자의 이름에 충실하였다
각자의 피를 소개하고
토마스는 잊을 만하면
담배를 태웠다
연기가 빠지지 않는 대화를
이어갔다
톰은 영원히
톰이 될 만한 자세로
이야기하였다
되도록 간결하게
불을 붙였다 두 눈을 모아서
이글거리는 한담에 집중하였다
한방에 앉아서
우리는 모두 외국인이었지만
어느 쪽이 더 외국인일까
외계의 피가 섞인

3

당나귀는 조랑말의 먼
친구였다 노새는
노새와 혼자서 놀았다
버새는 더 무거운 짐을 싣고
알프스를 건넜다

외로운 공동체

미묘한 시간대를 살고 있다.
알 수 없는 기름을 흘리고 있다.
당신의 흥미는 왜 동어반복인가.
악수를 청한다. 악수!
엽서 한 장도 안 되는 몸무게가
굳어지기 전에 찍어달라고
말없이 백기를 흔든다.
외계의 손을 흔든다.
아무도 외롭지 않은 풍선을
들고 뛰어갔다.
시간이
무한정 들어간다.
도착하고 싶은 곳이 없다.
당신의 눈은 크고 넓고
함정이 많은 동네.
태어나기 위해 창문을 닫았다.
아무도 외롭지 않은
당신의 각오는 왜 혼자 있는가.

적과 흑이 나란히 걷고 있다.
가끔 죽은 사람이 되살아났고
당신은 눈을 깜박인다.
여기가 어디냐고.

뼈와 살

사랑은 익사하지 않는다
유리와 철이 겨우 떠받치고 있는 것처럼
건물은 외롭게 올라가고
주변에 기대려고
더 높이
더 높이 올라가는 것도 아니다

기우뚱한 감정 때문에
아무 일도 하지 못하는 날에도
많은 일을 하고 있다
이 기막힌 하루를
무너졌다가 다시 올라가는 계단을
자존심이라고 부를까
언제 멈출까
익사하는 당신을
건져 올리는 그 건물의 깊이를

우리는 겨우 의지하고 있다

뼈와 살처럼

당신 대신 일어나는 감정을
허겁지겁 붙잡고 나왔다
살려고 살려고
방금 전까지 동반 자살하던
그가,

연기

그녀의 손가락이 나보다 길고
당신의 머리카락이 나보다
조금 더 길다
조금 더 차분해지자꾸나 법칙을 깔고 앉은 자세로

연기가 피어오른다
녹색이 회색이 되고 회색이
안 보일 때까지
머리카락은 떨어지거나 불안하거나
계속 자란다

밤하늘의 아름다움은
멀어지거나 가까워지거나
주저앉는다

더 할 말이 남았다고
믿는 엉덩이의 감정
예뻐지려고 노력하는 의자의 자세

중력 때문에 걸어온 사내가
중력 때문에 주저앉는다
조금 더 기어간다면
조금 더 기어간다면
바지처럼
흘러내리는 발꿈치에 닿을까

고민 중이다
모르는 사람의 얼굴을 더듬고
돌덩이라고 확신하는 나의 섬세함을

몽블랑

#1
삼십 층에서 뛰어내린 자살자의 심정을
두 시간 동안 끈질기게 추적하는 영화를
십오 층쯤에서 한 번 졸고 회상하는 장면에서
두 번 졸면서 견뎠다.
왜 머리는 땅바닥을 향하고
내가 좋아하는 형은 자살하는 동생의
실족사를 이해하지 못했을까.

#2
요즘 그는 소설에 푹 빠졌다.
되도록 담담한 소설을 다짐하던 그 사람의
손가락에 어울리지 않는 만년필을
선물로 받고 감사했다.
나한테도 턱없이 무거운
몽블랑이라는 이름의 이 필기구를
다른 사람에게 선물하고 미안했다.

#3
돌고 돌아서 변기통으로 갔다.
갑자기 속이 메스꺼웠던 우리는
아침에 먹은 전어회를 의심하고
어젯밤에 싸들고 온 냄새나는 손을
다시 맡아보았다. 술냄새가 향긋했다.

#4
만년필은 지금 글씨를 쓰고 있다.
그는 혼자 서 있었고
어디로든 갈 것 같다. 과일이 익으면
저절로 떨어지는 문체를 숙성 중이라고.

추신

    그리고 편지를 써 내려갔다. 너무 흰 종이는 손을 대기 아깝지만 주물러야 한다. 너의 손으로 나의 입을 말하던 때가 이상하게 큰 지하실을 만들어놓았다. 그건 곡식의 저장 창고가 아니라 기억이 기억할 수 있는 가장 부드러운 이빨 자국. 그리고 옥수수알이 저장되어서 사람 키를 넘어간다. 숲은 우거지고 그때의 날씨는 지하에서 모두 변했다. 시궁창 아래 흰 종이와 검은 물이 타들어가는 계절 이건 꿈이 아니라 마치 오래전의 이야기 아니면 딴 나라 벌레들의 눈부신 조곡. 거기 푹신한 물이 들어가서 출렁인다. 쥐어짜면 여러 목숨을 먹여 살리는 찌꺼기가 흘러나와서 손톱은 검다. 건드릴 때마다 다른 음악 소리가 난다. 몸을 뒤집으면 전혀 다른 악보가 펼쳐지는 사막도 따지고 보면 지하수가 흐르는 시간. 흰색도 어둡고 검은색도 맑을 수 있다는 편견 때문에 옷을 입고 나갔다. 죽은 사람처럼 몹시 큰 옷을 끌고 다녔다. 그보다 두꺼운 날씨를 견디기 위해 아무런 표식도 없는 흰 깃발을 펄럭이기 위해 깨알 같은 눈이 내리고 글씨는 움직인다. 부드러운 종이를 따라 몸을 뒤집으면 또 넓은 사막이 나올 것이다. 거기 물이 들어 있다. 건드 릴 때마다 다른 소리가 나는.

이미 사라진 주어를 어떻게 찾을까?

이미 사라진 주어를 어떻게 찾을까 고민 중이다. 나로 하여금 돈이 들게 한 사람의 마음가짐과 그날의 이해할 수 없는 상황을 이해할 수 없다. 약속을 했으면 지켜야 하고 우리는 화산이 폭발하는 원인을 제대로 모른다. 터지는 화산과 흘러내리는 화산. 내가 만난 똑같은 사람의 정체는 이렇게도 달랐던 것이고 나는 한마디씩 책임 못 질 말을 내뱉고 전혀 반성하지 않고 미안한 기색도 묻어나지 않는 똑같은 사람의 얼굴을 쏘아보며 돌아오는 돌멩이의 뒷모습을 따라다녔다. 나무의 뒷모습을 따라다녔다.

전봇대의 뒷모습도 찾아내기가 곤란하다. 하기야 나도 뒷모습이 없는데. 내가 못 보니 없는 그 사람의 존재를 어떻게든 찾아보려고 바위도 건드려보고 바위로부터 영양분을 빨아들이는 이끼도 건드려보고 이끼를 덮고 자라는 그날의 괴롭고 화창한 날씨를 건드리는 안개도 따라갔다. 이렇게 말하면 바위의 비위가 상할까. 저렇게 말하면 바위로부터 돌멩이가 굴러 나올까. 전봇대는 사방에서 전선을 빨아들인다. 한번 올라간 사람은 내려오는 방식을 잊어먹기 전에 내려와야 하지만 저렇게 멀리 올라간 우주선은 내려올 때까지 자신의 결함을 모르고 대기권을 향해 맹렬히 진입한다.

사소한 문제가 곤충들 사이에 존재한다. 좀더 심각한 문제가 박테리아와 곰팡이를 좋아하는 사람들의 입속에서 발견된다. 아무렴 낙오하는 먼지는 소행성이 되기도 바쁜데 고아나 다름없는 먼지가 일으키는 격렬한 폭풍을 어느 순간 감당하기 힘들어지는 사태를 어떻게 대비할까. 열매에서 죽은 귀가 열리는 세계가 열리는 순간에도 먼지 행성의 이주민들은 바쁘고 무덤덤하다. 바쁘고 무덤덤하기만 할까. 나는 말없이 착한 사람이 되어가는 어느 맹인의 손가락이 가리키는 증오를 한 번 더 오해한다. 어느 신문에선가 읽은 적이 있는 나에게 합당한 돌을 달라고 외치고 있다. 이미 사라진 주어를 꽁꽁 묶어놓고 있다.

말 없는 발

그는 몸에 붙은 말을 털어냈다
마치 주어가 필요 없는 문장처럼
아무 데나 발을 뻗고 누구와도 악수할 수 있는
상황을 좋아한다 울음을 흘리면
눈물이 나오고 웃음을 감추면 적의가 보이는
그런 표정, 그런 단순한 얼굴, 그런 상황으로 똘똘
뭉친
그의 행동에는 말이 없다 걸음이 보인다
말 많은 그림자가 그를 에워싸고
수상한 문장들이 그를 둘러싸고
쫓아다닌다 말 없는 그의 발을
주인 없는 그의 움직임을 한 시간이고
두 시간이고 날이 저물어서 꽁무니도
보이지 않을 때까지 쫓아간다
주어가 사라진 오솔길, 얼굴도 모르는
담벼락, 사이도 없는 강의 이쪽과 저쪽에서
그는 어정쩡한 목소리로 답변하고 있다
고개를 저으며 고개를 숙이며 동시에

해가 떠오르거나 거꾸로 처박히는 모습을
들려주고 있다 어느 날 그가 읽고 있는 책에서
그가 튀어나와서 책을 덮을 때까지
한 걸음도 부축할 수 없는 그의 전진은
많은 발을 거느리고 다녔다 질문보다
더 많은 발과 발자국을 품고서
말 없는 동사는 마침내 발이 되고 있다
저 혼자 가는 문장은 기어이 행동이 되고 있다
웃음을 흘리며 적의를 감추며 아무래도
더 할 말이 남아 있는 몸에서
발부터 먼저 나가는 손을 꼭 붙들고 있다

팔레트

나무가 없으니 숲이라고 썼다.

사람이 많아서 도시가 안 보이는 것처럼 터치가 많아서 으깨어놓은 나무와 바위와 미역 감는 여인들 남자들 그리고 그들의 일렁이는 자화상 흘러내리는 옷주름 정지해버린 사과와 배 굴러떨어지는

자신의 명성까지 소란스럽게 담아놓은 과일 바구니 시장바구니 닳고 닳은 셔츠 주머니에서 꺼낸 자신의 돋보기안경조차

그는 이것으로 그렸다.

"이것이 나의 그림이다." 그것이 대부분의 화가들이 추구해간 가장 구체적인 추상화라고 남겨놓은 그의 일기가 위작으로 밝혀졌을 때도

화가는 이것으로 그림을 그렸다. 소설가는 이것으로 소설을 썼다. 나는 이것으로 한 번 더 그림을 들여다보고 몇 개의 문장과 단어를 덧칠한다.

앞 문장을 완전히 지워버리는 문장은 존재하지 않

는다.

단어도 마찬가지. 저 혼자서 만족하는 공간은 무덤가를 떠도는 혼령들에게도 어울리지 않는 말이다. 공간과 시간이 따로 노는 흔적을 찾는 일은 과학자의 몫이 아니다. 심령술사조차 겹겹의 감정으로 겨우 한 목소리를 낸다. 검은색을 입고 나온 흰색. 흰색이 어울리는 붉은 장미 뒤의 담벼락과 먹구름.

숲은 가까이 있고 멀리 있고 에워싸고 있으며 안 보인다. 검은색만 보고 있으면 흰 점의 얼룩이 도시만 보고 있으며 한두 사람의 경상자가 사망자만 보고 있으면 또 언제 일어날지 모르는 관 뚜껑의 반란조차 이것으로 꾹꾹 눌러서 어디론가 옮겨 갔다.

살아 있는 형태를 가지기 위해

캔버스에 못 박힌 그의 모델과 그 자신의 옆모습과 뒷모습과 젊었을 적의 조금은 왜소해 보이는 그의 집 앞의 나무 한 그루. 내가 좋아하는 시인은 '의' 자가 많아서 걸린다고 하였고 전문 수집가는 위작이 많아서 걸린다고 하였고 내 생각은 시가 되어가는 시 때문에 자꾸 걸린다. 시만 빼버리면 완성되는 시. 캔버스만 빼버려도 그림이 안 된다고 생각하는 평론가들. 그들이 좋아하는 낭만적인 독자들.

이것으로 구멍 뚫린 그의 그림은 자화상이 될 수 없고 이것으로 상단의 오른편에 엄지손가락 구멍이 나 있는 그의 유작은 벽에 걸리기도 곤란하다. 왜 이것이 박물관에 있지 않고 미술관에서 그의 그림들과 나란히 전시되고 있을까?

검은색과 더불어 빛나는 흰색. 흰색의 친구들과 어울리는 붉은색의 친구들. 나는 소묘에 강하고 묘사에 약하고 표현에 뛰어나고 터치가 서툴렀던 그에 대한 모든 평가를 두 개의 상반된 그림에서 동시에 본다. 하나는 숲. 나머지 하나는? 혼자 있다. 풀도 나무도 이파리도 검은색이 많다. 검은색의 친구들이 많다. 이것으로 그는 그림을 그렸다. 이것이 그의 그림이다.

피카소

나무가 되거나 억만장자가 될 것.
조랑말이 되거나 선생님이 될 것.
그림을 그리거나 아버지를 능가할 것.
연필이라는 말 내가 꺼냈던 걸 기억하세요.
여기서부터 철이 들어야 하니까요.
아홉 살이 지나면 열 살입니다.
열아홉 살이 지나면 검은 고양이가 될 테니
전시회를 엽시다. 출품한 150점 모두
좌절의 지름길이에요. 파리로 가기 위한
기회는 언제 찾아올까요? 몇 달 동안
모든 미술관과 박물관 그리고 툴루즈
로트렉의 기이하고 평면적인 그림들을
찾아다닙니다. 둔기로 얻어맞은 듯합니다.
고작 하루밖에 걸리지 못하는 포스터들이
백 년을 견딜 거라는 생각, 그는 못 했겠지만
나는 온통 푸른색으로만 세상을 봅니다.
절친한 친구가 권총으로 자살합니다.
청색은 차갑고 질병과 추위 배고픔을

체험합니다. 두꺼울수록 좋습니다. 값이 더 나가는
시대는 따로 있지만 부자들에게 인기가 많은 청색은
스물세 살이 되어서야 파리에 정착합니다.
상상 이상의 무질서 속에서 살았습니다.
정리정돈은 어딘가 나를 위한 침실이 아닌 것
같습니다. 여러 명이 살았던 빈민굴을 왜
빨래하는 배라고 불렀을까요? 당신들은
미쳤다고 하겠지만 세탁하는 배는
매일 센 강을 오가고 화랑이 되었습니다.
나는 다른 침대에 있습니다.
외출할 때 신을 구두가 없으니 맨발의
서커스를 보러 갑니다. 여성 곡마사와
친한 것이 자랑스럽고 피에로와 말을 트고 지내니
누구에게도 책임이 없습니다. 우리는
각자 헤어졌습니다. 매번 사랑한다고 했고
진심이었고 마음이 바뀌었습니다.
그림을 그리지 않으면 누구와 헤어졌겠습니까?
아내는 이런 말을 남기고 사라졌습니다. 고맙게도

이때부터 검은 얼굴이 눈에 들어옵니다.
그들의 손재주와 눈대중이 만들어낸
조각품과 탈에서 당신은 어떤 서막을
떠올렸을까요? 몇 명의 처녀들이 완성되었습니다.
모두들 경악하고 분노하고 외면하는 만큼
잘 팔립니다. 러시아와 미국과 독일로 꾸준히
달아나는 나의 그림들이 무엇을 그린 것인지
미술상이 알까요? 갤러리의 부인이 알까요?
이것은 소장가치가 높은 자존심입니다.
저것은 사기성이 농후한 진심입니다.
팔순에 도달하고도 아이 같은 눈을
팔아먹은 거장의 노후는 심심하고
끝이 보이고 이제부터 전설입니다.
잔설만 가지고도 사람들의 발걸음은
푹푹 빠집니다. 무슨 뜻인지 모른다면
기억해주십시오. 그 무렵 아인슈타인이
태어나고 죽었다는 사실도 함께.

나는 항상 실패한다

나는 항상 실패한다. 나는 항상 시도한다. 나는 항상 물거품이다. 나는 항상 신비하고 절망한다. 나는 항상 이유다. 나는 항상 결론이고 거의 없다. 나는 항상 무한하고 있다. 나는 항상 결정적이고 온다. 멀어져가는 대상에 대하여 나는 항상 단정하고 대상이다. 나는 항상 불가능하고 없다. 홀로 던져져 있다. 나는 항상 마주하고 적이다. 흑이고 백이다. 더 많은 색깔이 필요하다. 더 많은 삭제가 필요하다. 나는 항상 흘러넘치는 선물. 거리 곳곳을 옮겨 다니는 식물. 어떤 시각이든 필요하고 어떤 청각이든 고통을 빼먹는다. 핑계가 아니면 변명으로. 흐름이 아니면 덩어리로. 액체가 아니면 젤이라도 바르고 나타나서 밤을 움직인다. 밤에 움직인다. 나는 항상 서 있다. 거의 죽어 있다. 한 시간이고 두 시간이고 묵직하게 달아나는 영혼을 붙잡고 있다. 돌로 눌러놓고 있다.

내가 죽고 나서

내가 죽고 나서 가장 먼저 확인해야 하는 것은
내가 죽었는가이다. 이 문제 때문에 다치바나 다카
시는 여러 번 죽었다
깨어나는 체험을 하였다. 내가 죽고 나서 내가 살
아 있는 것들.

아무래도 낱말이 부족한 것 같다. 죽음의 문턱에서
상상이 빈번히 일어나서 낱말을 만들고 문장을 다
듬고 격식을 차린다. 문법이 바뀌려면
아직 멀었다고 발표한다. 누군가 마이크를 들고
있다.

누군가 솜으로 입을 막아놓았다.
나는 입으로 솜을 먹기 전까지 고민한다.
솜으로 입을 막기 전까지의 고민을 고민한다.
내가 죽고 나서 내가 확인하는 것들을

내가 대신해줄 수 없을까. 이 문제 때문에

다치바나 다카시는 여러 번에 걸쳐 깨어났다.

글을 쓰기 전 정신을 가다듬는다. 목욕을 하고

옷을 갈아입고 혼령이 끼어들기 전 확인해야 하는

것들.

내가 살아 있다는 증거를 내가 죽은 후에 기록하기

위해

이하(李賀)는 많은 시를 불태워버렸다. 나머지는

거꾸로 기록된 시들이다. 나머지는

암암리에 판매 중이다. 암암리에 동의한다. 그리고

발표한다.

당신은 죽었습니까? 대답할 수 없으면 손을 드세요.

손이 불편하면 발가락이라도 꼼지락거려보세요.

발가락이 없으면 처음부터 다시 시작합니다.

이 질문의 대답은 여러 낱말을 필요로 하지 않는다.

국적이 달라도 상관없다. 남녀의 차이를 불신하지

않는다.

　이제부터 대답을 고민하세요. 고민하는 그 자세가
　당신에게 불리할 수도 있습니다. 묵비권도 하나의
증거를 완성합니다.

　당신이 죽음 이후의 것에 관대하다면 기증할 만한
몸과
　연구할 만한 자료와 그리고 변화무쌍한 정신을 한
꺼번에 데려올 텐데요,
　여기는 벌써 취재진들이 진을 치고 있습니다.

　암암리에 농성 중입니다. 자, 발표를 합시다.
　이제까지 빠져 있던 단어들로 한 문장씩 두 문장씩
　더듬더듬 실험을 완성합니다. 가장 냉정한 자의 시
신을 가져왔습니다. 기분 나쁘게 차갑고
　기분 나쁘게 딱딱하고 매우 고압적인 자세로 누워
있습니다.
　건드리면 곧 일어설 것처럼 내 시신을 보는 나의

상상은

세포 하나하나가 농성 중입니다. 둘 다 각각의 사
후가 있습니다. 머리 잘린 뱀의 몸통과
손가락 잘린 당신 뇌의 반응이 이처럼 끈질깁니다.
만 년이 넘게 지속되어왔습니다. 십만 년이 넘게
진화해온 인류의 장례는
연기의 몸부림과 다릅니다. 나라마다 무덤이 다르
고 고역이 다릅니다.

우리는 삼 일을 기다렸습니다. 당신 몸의 부활을
아니 그 증거를
당신 몸에서 발견하고 놀랍니다. 놀라운 종교입니다.
당신 때문에 믿지 않는 그 증거를 종교가 대신하는
군요. 이제부터 지시합니다.

이제부터 흔적입니다. 나 이외의 것은 죽음 이외의
것처럼

부질없어 보입니다. 죽음이 독재를 타도하고 정부를 구성하고

문법에 의거하여 나의 탄생은 어느 서류를 뒤져봐도 동일합니다.

울음과 함께 몰려와서 울음과 함께 몰려가는 겨울 철새들의 훗날을

카메라에 담아놓고 곰곰이 현상합니다. 눈앞에서 길을 잃었습니다.

나는 다시 한 발짝을 떼었습니다. 대지에서

연기의 몸부림과 뱀의 고통스런 탈피를 어떤 그림자보다

사실적으로 묘사할 수 있습니다. 한 발만 떼어도

나는 사라집니다. 내 앞에서 내 앞으로 무수한 공간이 비워졌습니다.

모두가 동일한 순간을 다르게 인식합니다. 모두가

동의하는 절차를
　나만 모르고 있습니다. 나는 관심도 없습니다. 당
신의 중대 발표를
　무수하게 수정해가는 그 사인을 내가 대신해줄 수
없을까요?

　이 때문에 다치바나 다카시는 여러 번에 걸쳐 깨어
나고
　중지하였습니다. 무덤 속에서 혹은 연기 속에서
　먼지는 고통을 느껴본 적이 없습니다. 모두가 부담
스러워하는 나의 죽음을.
　일부는 부러워하는 나의 탈락을.

만성 인류학자

이 집에 가면 상상력과 교훈이 나온다
메뉴는 구체적이며 불완전하다
편집증과 변비 속에서
하늘과 땅 사이에서
그물을 짜는 새가 나오고
우울한 일생을 보낸 초등학생이 나오고
아무도 모르는 천재 수학자의
짤막한 답변이 나온다
공식이 너무 많고 불안한 성격이
계산기를 탄생시켰다 십진법을 무릅쓰고
외롭고 고독하게 지내야 했던 두 사람의
우정에도 금이 간다 좋았던 시절은
아무래도 배 속에 있는 것 같다
같은 출판사에서 나온 다른 책에서
그와 같은 주장이 아름답고 못생긴 새를 잡아서
바꿔치기하였다 나중에 마을 사람 모두가
백조로 바뀌었다는 전설을 듣고 자란
소년의 거짓말이 등장한다

앞 못 보는 청년의 불확실하고
구체적인 설명을 들으면서
코끼리는 이렇게 걷는다 아니면
저렇게 걸어야 할 것이다 어칠비칠
주정뱅이가 자신의 걸음을 재현해 보이고 있다

개념 없는 목수

당신은 철학도 없이 의자를 만들었다
생각에 미쳐 있는 나의 발은
최고로 느린 선수의 목발을 뛰어간다
개념 없는 총성을 따라

가장 완벽한 돌이 되어
가장 완벽한 상점이거나 침묵이어도
상관없는 발목을 뛰어간다
움직이지 않는 정오에

움직이는 돌이 되어
어느 의자가 더 비어 있는가
고민하는 나의 발을 뛰어간다
개념 없이

당신은 의자를 만들었다
가게 앞에서 고양이는 날고 있다
자축하듯이 자축하듯이
나의 발목이 살짝 우울한 곳에서

개구멍

당신에게 입이 제일 먼저 생긴 이유를 물었다.

어딘가가 뚫리면서 건물은 완성된다. 사람에게 들어가라고

개구멍을 파놓지는 않았다. 개가 파놓은 것도 아니다.

주둥이가 먼저 기어 나왔지만 새사람이 된 것은 아니다.

누구의 잘못도 아니다. 개구멍 밖에는 야식집이 있고

도서관은 밤새 불을 켜두었다. 손가락은 점잖게

출입구를 가리키지만 나는 점잖게 기어서 나왔다. 들어갈 때와 마찬가지로.

상석

　나보다 상석에 있는 사람이 내게 의자를 빌려달라고 말할 때, 충분히 그럴 수 있지, 어떤 이미지를 동원해서라도 나는 나 자신의 굽실거림을 소화할 수 있거든, 멋있게 변명하는 법, 아니면 비굴하게 항의하는 법, 둘 다 의자 때문에 가능한 일이고 나로 인해서 세상에 존재할 일이 없는 인물 하나가 비로소 힘을 얻고 떠들어대는 이야기, 마치 소파처럼 부드러운 혀를 그의 엉덩이 밑에 깔아주는 이야기, 충분히 가능한 일이지, 아마 나는 끝도 모르고 부탁을 받는 인물을 사랑하게 될지도 몰라, 그 역시 명령을 모르기에 소파는 부드럽고 입술은 축축하고 나의 상실은 의자의 상실과 별개로 기록될지 몰라, 그는 성실하였고 온화하였으며 다만 힘이 부족한 한 사내의 누더기 같은 이력서를 사랑하게 될지도 몰라, 자신 있게 말하고 정직하게 대답하고 돌아와서 고민하는 나의 주인공은 이제 의자에 대해서 명쾌한 답과 소신을 가지고 있지, 양보하라, 양보하라, 최대한 양보해서 차지하라, 무엇을? 나보다 상석에 앉은 사람이 끊임없이 요

구하는 것, 상석에 앉은 사람보다 더 높은 상석에 앉은 사람이 끊임없이 갈구하는 것, 아마도 죽기 전의 대답이 남겨놓기 딱 좋은 것 하나, 이 위대한 유산을 계속해서 쉬지 않고 물려주기를 바라는 무리들 중의 한 사람, 음악은 지치고 회화는 미끄러지고 나의 의자는 여전히 대물림되고 있다, 상석에서 상석으로 이어져온 그의 온화하고 부드럽고 너그러운 부탁이 도무지 명령처럼 들리지 않는 미래에도 나의 집은 어느 집을 방문해서도 마찬가지 의자를 만들어낸다, 변명과 확신이 교차하는 가운데 의자는 반들반들 누군가의 엉덩이를 닦아놓고 기다린다, 충분히 그럴 수 있다, 내가 포기하면서 내가 가지게 되는 것들 중의 하나, 이름도 아니고 덕망도 아니며 나의 삶을 윤택하게 만들어갈 신비한 문구 하나도 숨어 있지 않은 이 비문 속에서 나의 의자는 차갑게 차갑게 데워져서 옮겨간다, 누군가의 대문 앞으로

경청하는 개

식물은 경청하고 있다. 말하는 방식으로. 한계에 다다를 때까지 또 말하는 방식으로. 무슨 소린지 하나도 알아들을 수 없는 감정으로.

청각은 과격하다. 귀는 예민하고 더 예민해졌다. 이파리처럼 길고 넓은 귀는 헌 이파리를 죽여가면서 새 이파리를 내보낸다. 줄기 하나가 단단해지고 있다. 신경은 더 가늘어지고 있다. 끝이 안 보이는 방식으로

성장을 미루고 있다. 성장을 동반하는 방식으로. 우울을 동반하는 방식으로 웃고 떠들고 욕하고 짐짓 반성하는 방식으로 방에 들어가서 문을 잠근다. 나는 경청하고 있다. 쫓겨나는 방식으로.

문밖에서 벌벌 떨며 창밖에서 한없이 기다리는 방식으로 나뭇가지는 들어온다. 일부는 이미 들어왔다. 아무도 없는 방에서 불이 켜지는 방식으로

나는 두 시간째 기다리고 있다. 나무는 십 년째 서 있다. 나의 판단이 맞다면 저 안에서 소리는 이미 시작하고 있다. 방 안에서 창 안에서도 새로 돋는 이파

리 안에서도.

경청하는 귀는 아무 소리도 내지 않는다. 창밖으로 삐죽 고개를 내밀고 있다. 들어오라는 손짓 같기도 하고 나가라는 발짓 같기도 한

그것의 일부는 이미 들어와 있다. 들어와서 사사건건 짖는다. 아주 작은 소리에도.

반드시 시가 되어 있다

숨죽이는 그 형식이 더 강렬해진다면
지금보다 더 똑똑해진다면
그 바보의 순간과 행동을 똑똑히 기억한다면
다음 날 찾아오는 소포와 무덤이 한목소리를 낸다면
더 묵직한 형식과 파괴를 갈망한다면
그다음의 모든 장면을 앞으로
앞으로 밀어낸다면
처음의 끝
그 모서리의 운동이 인간과 식물의 탄생이라면
식물보다 오래 참아온 바위와 이끼의 선언이라면
순간이 오고 선언이 가고 다시 이다음의 사건을 짐
작한다면
그래서 영화보다 선명하다면
진보한다면
진화 대신 선택한 이것을 다시 진화라고 한다면
동물이자 광물의 생태를 모조리 흡수한다면
최초의 바위는 최초의 균열
바위 안의 바위 안의 또 그대로인 공기와 숨죽임

그게 사실이라면 상상이자 또 그대로의 사실이라면

말을 하기 전에

말

나무 한 그루 만들지 않고 숲이 되는 방식을
손 한 번 잡지 않고 애인이 되는 방식으로
피 한 번 섞지 않고 형제가 되는 방식에서
눈 한 번 주지 않고 경치가 되고 풍경이 되는
그 기특한 방식과 더불어

풀이 자라는 방향으로
꽃망울이 터지는 방향으로
하늘보다는 땅에 가깝게
좀더 축축하게
가라앉는 그 문장을
모조리 끌어 올려
새로 태어나는 나무

하늘보다는 땅에 가깝게
뿌리보다는
좀더 뿌리 밑으로
나무가 자라는 방향으로

말은 퍼진다
하늘인가 땅인가
이 방향인가
저 방향인가
나뭇가지가 퍼지는 모양으로

하늘보다는 땅에 가깝게
뿌리보다는
좀더 뿌리 밑으로
풀도 나무도
숲도 모조리 끌어 올려
말은 터진다
몸 한 번 섞지 않고

에르호*
── 은에게

너는 에르호, 에르호라고 마쳤다
나는 에르호, 에르호라고 들었다

집중이 끝나는 곳에서
몰입이 다시 없는 곳에서

사전의 글자들은 번져간다
나의 이름은 왜 이렇게 더딘가

한없이 낯선 소리 앞에서
물과 함께 빠져나간 기억 속에서

그토록 많은 말을 간직한 잠
한 달
두 달

그리고 석 달의 방문객들
몇 번씩 반복되는 이름 속에서도

그토록 많은 물을 간직한
망각 속에서도

(나는 살아 있었지 나만 모른 채)

한꺼번에
시간을 모아두었다가
풀어내는 바로 그 병상에서

나는 에르호, 에르호라고 들었다
너는 에르호, 에르호라고 열었다

물과 함께
어떤 짐승이라도 우는 소리를

* 오은의 시 「그 무렵, 소리들」에서. '나' 라는 뜻을 담고 있다.

늑대

만약 뛰어내리지 않으면 여기서 죽을 것이다.

나는 늑대를 향해서 그렇게 말하는 나 자신을 벼랑에 세우며

울먹거리는 동료들의 등을 두드렸다. 위로하기 위해

그 위로를 떠넘기기 위해 아니면 저 절벽 아래 까마득히 보이는

한 점의 시체를 확인하기 위해 내 손은 여기서 가볍게

바람을 민다고 생각할 수도 있는 자세를 취하였다.

자세는 무엇이든 행동을 보여준다. 그다음 행동

그 이전의 행동 그리고 예기치 못한 결과까지

모조리 떠안고서 떨어지는 나뭇잎의 행로가

궁금하지 않은가. 그 이유는 여기까지 쫓아오지 못하고

방향을 바꾸었다. 절벽을 향해서

순순히 등을 돌리는 동료들의 등판이 나뭇잎처럼 가볍고

떨리는 내 손에서 하나씩 멀어진다. 저 아래

유일하게 살육이 닿지 않는 물길 속으로 차곡차곡

인간과 다름없는 물방울이 쌓이면서 내는 소리를
몇 초 후에 내가 듣고 있는 장면이란 장면이
모조리 사라진 후 일부는 자발적으로 뛰어내리고
나머지 일부는 두려움에 몸서리치는 얼굴에 놀라서
뛰어내리고 모두가 모두를 따라서 떠내려간 후
내 손은 이제 나뭇잎만 한 운명만 남아서 땀을 흘
린다.

스스로를 밀 수 있는 자세는 없는 것 같다. 어딘가
에 떠밀려서 바람은 밀고 온다.

나는 마지막 남은 늑대를 노려보는 유구한 전통의
신봉자들이 겨누는 총구를 향해서 울부짖는 남자를
떠올렸다.

저 혼자서 짖는 개라고 생각할 수도 있는
얼굴을 보여주기 전에 공기는 공기대로
숨소리는 숨소리대로 서로가 서로를 못 알아볼 때
피아가 선명한 이 자리에서 뒤섞이는 얼굴은 하나
뿐이다.

물속에서도 조용히 과녁이 되고 있다. 으르렁거리는.

용서

　인간을 벗어나지 못했다는 사실 때문에 인간적으로
호소할 수 없다는 사실.

　문장을 벗어나지 못했다는 사실 때문에 다시 문장
에 기대어 쓸 수도 없는 일.

　저 두 문장 사이에서 오도 가도 못하는 발걸음이
보인다면

　남는 것은 빼는 일. 무엇을? 인간과 문장 사이에
있던 그 많은 말들을 빼는 일.

　시를 빼는 일. 뺀 뒤에도 다시 남는 일.

　방을 뺀 뒤에도 남아 있는 방에서 할 수 있는 일이
란 건

　다시 방이 되어가는 일. 사건. 장면. 또 무엇이 있
을까?

　인격 없는 방에서. 네 침대에서. 네 책상 위에서.
그럼에도 남아 있는

　온갖 세간 도구들의 부재 속에서. 그럼에도 남아
있는 네 인격만큼이나

　너저분한 내 인격을 원망하거나 타박하지 않는 선

에서

　　그럼에도 신격이 되지 않는 선에서

　　나는 방을 보고 있다. 방이 될 수 없다는 걸 잘 알고 있다.

　　아무한테도 용서를 구할 수 없지만, 아무도 없는 방에서 용서를 구하고 있다.

　　허겁지겁 그 말을 먹어치우고 있다. 뺀 뒤에도 남아 있는.

그런 생각

우연히 그런 생각을 가지게 되었고
나는 인간을 구원할 생각이 없었다

생일이라고 해서 도착하는 말은 없고
나라는 선물을 한 시간째 바라보고 있다

헌책방에서 한쪽 방으로 책 몇 권을 옮기고
얌전히 내버려두라고 고양이에게 말했다

아니면 한쪽 눈이 움푹 꺼진 인형에게 부탁했을 것
이다
그는 이 도시에서 가장 오래된 사람이었고

적어도 오십 년 이상은 비어 있었다 가족과 함께
반년째 혼자 있던 방이 시끄러워서는 안 되니까

서로의 눈동자만 바라보고 있다
우연히 그런 친구를 가지게 되었고 나는 소리를 좀

더 죽인다

　토막 잠에서도 계단이 생기고
　거기에는 반드시 문이 있어야 한다는 생각을

꿈

왜 손댔어요?

덧없게 놔두지.

사건의 해산과 무관(無關)의 시학

이 수 명

무출력 기계

움베르토 에코가 생각한 윔(Wim; Without input machine)과 웜(Wom; Without output machine)은 무입력 기계와 무출력 기계를 말한다. 말 그대로 입력이 없는 기계와 출력이 없는 기계라는 뜻이다. 좀 쉽게 이해해보면 이렇다. 인간을 비롯하여 지구상에 존재하는 모든 생명체들은 반드시 입력과 출력이 있다. 다양한 생리적인 기능에서 고차원적이고 추상적인 모든 활동에 이르기까지 예외없이 입력이 있고, 이에 대한 일종의 응답으로 출력이 있는 것이다. 동전을 넣으면 물건을 떨어뜨리는 각종 자판기들에서부터 정보를 입력해줘야 설계된 규칙에 의해 결과를 내놓는 현대의 모든 기계와 매체 들 역시 말할 것도 없다.

아무리 복잡하고 다양해 보여도 소란한 기계들의 근거는 동일한 것이다.

그러므로 무입력 기계와 무출력 기계는 예외적인 것이라 할 수 있다. 에코의 설명에 의하면 무입력 기계는 예컨대 신과 같은 것으로 여느 기계처럼 무엇을 입력하여 산출하는 것이 아니다. 그것은 입력이 없이 스스로 존재하고 스스로 영원하며 스스로 무한한 출력을 할 수 있다. 즉 무엇을 투입하느냐의 여부에 따라 산출하는 것이 아니다. 조건을 넘어서 산출하는 것이다. 시간이라는 조건마저 초월하는 이 기계는 존재한다기보다는 생각되는 것, 상상되는 것에 가깝다.

무출력 기계는 이와 정반대다. 이것은 입력을 받고는 출력을 하지 않는 기계다. 입력은 느껴지는데 산물이 감지되지 않는 것이다. 그러므로 이 기계는 지각될 수 없다. 물건이나 느낌이나 그 무엇인가를 산출해서 내놓지 않았을 때 존재를 증명할 수가 없는 것이다. 물론 마찬가지로 부재도 증명할 수는 없다. 하지만 이것은 상상될 수 없다는 점에서 무입력 기계와 다르다. 에코는 예컨대 블랙홀도 무출력 기계는 아니라고 한다. 블랙홀이 지각되기 때문이고, 끊임없이 새로운 물질을 끌어들이는 능력을 출력으로 보여주고 있기 때문이며, 블랙홀이 증발하고 있다면 이 증발 자체는 기계의 한 활동, 즉 출력으로 볼 수 있기 때문이라는 것이다.

에코의 무출력 기계에 대한 생각은 우리의 지각이나 인식이 무출력 기계와 같은 것을 대상으로 할 수 없음을 시사한다. 생각될 수 없는 것은 상상할 수 없다는 전제가 여기에는 들어 있다. 나아가 출력되지 않는 것에 대한 정의 내릴 수 없음에 근거해볼 때 만약 무출력 기계를 논의하고자 한다면, 지금까지와는 전혀 다른 새로운 원리에 입각한 사고 행위가 필요할 것이다.

다소 먼 데서 시작한 이 무출력 기계에 대한 이야기를 '사건'이라는 것에 적용해보고자 한다. 우선 지적하고 싶은 것은, 사건은 무출력 기계가 아니라는 점이다. 우리가 어떤 사건을 떠올렸을 때, 일단 그 사건은 발생해서 지각될 수 있는 것이라야 한다. 출력된 것에 한해 인지될 수 있기 때문이다. 사건은 사물이나 존재, 아니면 이들을 둘러싼 어떤 현상이 지각됨에 의해 사건으로 자리매김되는 것이다. 지각되지 않고 상상될 수 없는 사건을 가정하는 것은 무출력 기계처럼 일단 예외적인 것에 속할 것이다.

요컨대 사건은 사건으로 출력된 어떤 것이다. 흔히 문제가 되거나 주목할 만한 중요한 일을 사건이라고 말할 때, 그것은 직접적으로 산출물인 것이다. 이러한 사건은 물론 일정한 시간과 공간, 존재와 행위 등이 얽힌 것이라 할 수 있다. 구성 요소들이 단순히 공존하는 것이 아니라 특유의 방식으로 연결되어야 하는 것이다. 사건이란 기본적으로 '연관'을 만드는 것에 다름 아니기 때문이다. 사건이 발생한다는 것은 특히 존재가 이 세계와 치명적으로 연관되는 것이다. 그 결합이 확고해서 틈이 보이지 않는 상황 말이다. 마치 어떤 일이 그 존재만을 위해서 발생한 듯이 치밀한 결합력을 보여야 사건이랄 수 있을 것이다.

하지만 사정이 그렇게 단순하지만은 않다. 연관은 사건의 전인가, 후인가? 적절한 연관을 지녀야 사건임은 말할 것도 없지만, 연관이 없어도 사건은 얼마든지 발생할 수 있으니 말이다. 이를테면 충돌로 인해 사건이 발생할 수도 있지 않은가. 사건이란 연관이 없이 예기치 않은 충돌의 방식으로 탄생할 수도 있다고 보아야 하지 않을까 하는 것이다. 다시 말하면 구성 요소들이 치밀한 결합을 이루어 의미 있는 연관으로 사건이 발생할 수도 있지만, 그 반대로 어떠한 맥락도 없는 무의미한 충돌로 사건이 발생하고, 그로 말미암아 연관이 생길 수도 있는 것이다. 이때 연관은 원인이라기보다 사건의 결과일 수 있다. 이 경우 사건이 갖는 결합력은 결과되는 것이라 할 수 있다.

어떠한 쪽이든 사건의 수립과 전개는 출력의 범위 안에서 이루어진다. 출력되지 않은 사건은 사건이 아니다. 사건에 관심이 있다는 것은 잠재적이거나 개연적인 일들이 가능성에 머무르지 않고 이 세계에 출현하는 것에 주의를 기울이는 것이다. 그 동력과 변화를 문제 삼는 것이다. 그러므로 사건의 출력이라는 것은 사건이 사건으로 출발, 지속, 해지되는 경계가 가시화되는 것을 가리킨다. 이 출력에 민감하고 출력과 함께하는 한 시인의 이력을, 이번 시집에서 나타난 변화를 중심으로 살펴보려 한다.

사건의 해산

'사건'이라는 말이 시에서 익숙하지는 않지만 생각해보면 시에는 언제나 사건이 발생한다. 존재나 대상, 현상의 얽힘이라든지, 그것들의 충돌이라든지 하는 일들이 시에서 항상적이며, 압축적으로 제시되는 것이다. 하지만 언제나 발생하는 사건에 대해서, 바로 사건이라는 말을 붙이고, 이를 탐구해 들어간 시인이 김언이다. 김언은 사건을 사건이라고 불러주었으며, 사건을 지켜보고, 사건이 보이게 하는 시들을 썼다. 사건이 비로소 현시된 것이다. 대개의 시들이 어떠한 일의 발생과 진행에 대해 진술하지만, 김언의 경우는 그것을 사건으로 명시화하려 하였으며 지금까지 출간된 세 권의 시집을 관류하는 것이 바로 그것이다.

김언의 시는 부정과 탈주의 성격이 강했던 2000년대를 경유하면서도 동시대 시인들처럼 파괴적 시법을 구사하기보다는 무언가 다른 것을 향해 있었다. 그는 파괴보다 형성이 흥미로웠고, 의미, 체계, 연관 같은 것들이 따라붙는 프로세스가 자동적이라기보다는 결과적이라는 것에 끌렸다. 사건이라는 모드의 생성과 산출을 감지하는 시들을 많이 쓴 이유다. 존재와 물질의 가시성, 형체화, 경계 들이 그가 실질적으로 관심을 표명했던 것들이다. 어떻게, 어떠한 과정을 통해 존재는 존재가 되고, 존재를 교환하며, 존재에서 빠져나가게 되는가 하는 것이 그의 작품들에서 주요한 부분들이었다고 할 수 있다.

초기 시에서 그는 「거품인간」「새의 윤곽」「바람의 실내악」「유령-되기」 등에서처럼, 거품이나 바람, 유령 등 출력이 미미하거나 잘 감지되지 않는 것들이 출력하는 것에 세심한 주의를 기울였다. 이 잘 보이지 않는 것들이 생성, 산출의 사건이 되는 과정이 『거인』(랜덤하우스중앙, 2005)의 중심을 이루고 있는 것이다. 잘 알려진 『거인』의 뛰어난 시편들은 이 과정에 대한 정밀한 탐사를 하고 있다.

『소설을 쓰자』(민음사, 2009)에 이르면 이른바 '사건론'이라고 할 수 있는 세계가 본격적으로 전개된다. '소설'이라는 말부터가 사건을 떠받치고 있는 이 시집에서는 존재의 산출이라는 테마가 특별히 언어의 문제와 결합되어 진행된다. "이보다 명확한 사건을 본 적이 없다/사건 다음에 문장이 생기는 것이 아니라/문장 다음에 사건이 생긴다"(「이보다 명확한 이유를 본 적이 없다」)고 하는 구절은 문장이 사건을 결과한다는 이채로운 생각을 하게 만들었다. 이것은 꽤 흥미로운 것이었는데, 왜냐하면 주지하다시피 이전까지의 언어는 사건의 재현이나 표현을 위한 것이었지 사건의 전제는 아니었기 때문이다. 다시 말하면 그동안 언어는 이미 발생한 사건의 자리에 당도하여 이리저리 둘러보는 사후 문상객과도 같았던 것이다.

"문장 다음에 사건이 생긴다"라는 진술은 이와는 달리 언어의 화행적 선제를 제시하는 것이다. 언어의 침입이 우선적인 문제가 된 것이다. 『소설을 쓰자』에는 이러한 사건의 생성을 보여주는 시들이 자주 나타난다. 「사건들」 「이보다 명확한 이유를 본 적이 없다」같이 일종의 사건론에 해당하는 것뿐만 아니라 「감옥」 「입에 담긴 사람들」 「톰의 혼령들」 같은 시들은 이를테면 언어적 구성을 통해 존재가 어떻게 존재라는 사건이 되어가는지에 대한 세밀한 묘사를 하고 있다. 이를 통해 사건은 일시적으로나마 강인하고 확정적인 어떤 것이 된다. 마치 출력 자체로 운명의 승인을 받은 듯 보이는 사건이 추적되고 있는 것이다.

앞선 시집들에 나타난 이와 같은 경향은 이번 시집에서는 다소 변화하고 있는 것으로 여겨진다. 사건에 착안했던 김언의 시에 대한 기존의 평가 위에서 이번 시집의 변화에 주의를 기울일 필요가 있는 것이다. 물론 이번 시집에도 사실이나 소설, 단어나 문장과 같은, 이전 시집에 출현하던 말들이 여전히 나타난다. 하지만 사건이라는 말은 확실히 줄어들고 특유의 중요성도 감소한 듯 보인다. 이를 좀 더 구체적으로 살펴보면, 사건이라는 말이 들어간 시는 『숨쉬는 무덤』(천년의시작, 2003)에는 '소설가 곰치 씨'의 이야기가 나오는 「껐다켰다」 한 편이고, 『거인』에서는 「사건현장」「누구세요?」「詩도아넌것들이——문장 생각」「詩도 아넌것들이——탱크 애벗의 이종격투기」 등 네 편이다. 그러던 것이 『소설을 쓰자』에는 앞에서 열거한 시들을 비롯해 열 편이나 된다. 사건이란 무엇이고, 어떻게 발생하는가를 위시하여 인물이나 존재들의 형성과 사건의 의미를 묻는 것까지 전반적으로 '사건의 시학'(신형철)을 펼치게 된 것이다.

조금씩 확장되어 왔던 이러한 성향은 이번 시집에서 눈에 띄게 달라진 모습을 보인다. '사건'이라는 말이 들어간 시도 「동의하는 사람」「영점」「반드시 시가 되어 있다」「용서」 등 네 편에 불과하다. 그나마 "그 사건은 이리저리 주인을 옮겨 다닌다"(「동의하는 사람」), "방금 전에 생긴 사건을 까마득히 모른다"(「영점」)와 같이 약화되어 있다. 사건을 출현시키는 계기로서의 단어나 문장의 힘도 축소되어 있다. 「이미 사라진 주어를 어떻게 찾을까?」「공허한 문장 가운데 있다」 같은 제목의 시들, "어떤 단어를 동원해도 비어 있는 그곳"(「지시」) 등은 언어가 사실상 사건을 잉태하는 모습으로 강인하게 나타났던 이전 시집에서 물러난 듯한 인상을 준다. 혹은 물러나려는 듯한, 망설임과 역류가 있다.

이 주춤거림은 마치 시계 초침이 움직이듯이 정밀하게 시집 전체에 범람하고 있다. 무얼 만들어내지 않으려 하고, 형성해내는 것에 의지하지 않으려 하는 모종의 차가운 열기가 스며 있는 것이다. 무엇보다도 이번 시집은 사건의 잉태보다는 오히려 사건의 '해산'으로 나아가고 있는 것으로 보인다. 이를테면 요소들 간의 관련의 해지 같은 것이다. 이전 시들에서 사건이 만들어지는 것에 주목했던 시선은, 이제 사건의 미로나 사건의 배제와 같은, 보다 탈영역적인 것에 쏠려 있다. 무엇인가 미세하게 풀려버리고 있다. 사건이 흔들리고 있다. 물론 해산은 덜 문제적인 것이 아닌데, 왜냐하면 해산은 형성을 의식하고, 형성을 가로지르는 것이기 때문이다. 형성보다 복잡한 각도가 작동하게 되는 것이다. 이번 시집의 문제적 징후가 되는 지점이다.

요컨대 사건의 중요성이 감소되고, 사건의 출력보다는 해산이라는 징후가 두드러지는 것이 이번 시집의 특성이라 할 수 있다. 사건이 해산된다는 것은 무슨 뜻일까. 출력된 사건이 해지되는 것은 어떠한 과정을 거쳐서일까. 사건의 출현과 반대의 방향을 취하게 되는 사건의 해소라는 작업이 김언의 시에서 갖는 의미, 나아가 동시대적 의미란 무엇일까. 이러한 문제들을 검토해볼 필요가 있다.

김언의 시들은 읽기 쉽지 않다. 이전에 비해 더 까다롭고 세밀해졌다. 일치 아래에는 많은 불일치가, 불일치 아래에는 알 수 없는 효과적인 일치들이 놓여 있다. 가로막들이 그어져 있는 문장들은 불현듯 다른 맥락으로 전환해가고, 또한 여지없이 다음 문장들에 의해 이질화된다. 문장들은 자주 낯선 굴절 운동에 놓인다. 그러면서 이 굴절의 흐름을 보여주기보다 문장의 끊어져 있는 단면들이 서로 연락되지 않는 필라멘트를 내밀고 있는 형국이다. 마치 모든 것이 무관(無關)한 것이라는 듯이, 혹은 무관으로 흘러가려는 듯이 말이다. 이를 무관의 운동이라 할 수 있을까. 사건이 사라져가는 것이다.

징후 1: 사건의 취소

김언의 이번 시집에서 사건의 해산이라는 변화의 조짐은 은연중에, 그러면서도 다양하게 나타난다. 가장 우선적으로 눈에 띄는 것은 출력된 사건의 취소다. 사건이 출현하지만 이것이 사건으로서 제대로 발전하기보다는 취소되는 방향으로 진행되는 것이다. 사건이 사건으로 발전하기 위해서는 앞선 진술을 신뢰하고, 그 진술에 의지해 상황이 더 진전되어야 하는 것인데, 이 신뢰가 근본적으로 이루어지지 않으면서 상황을 제로로 만들어버리는 사태가 나타나고 있다. 출력이 눈에 띄는 현상이라면 취소 역시 동등한 힘이 소요된다. 취소는 자연적인 소실이 아니라 인위적 소멸이기 때문이다. 따라서 사건의 취소는 뚜렷한 자취를 남긴다. 몇 가지 예를 들어볼 수 있다.

여기서 만져지는 물질이란 모두 내가 만지기 위해

탄생한 물건들 이름들 형제들 그리고 하나같이 죽는다.
둘이 죽고 나면 셋이 남고 셋이 죽고 나면
더없이 많은 숫자를 다시 헤아려야 하는 이름 때문에
이 물질의 이름은 부적합하다. 손톱은 손톱 때문에
나무는 나무 때문에 굴뚝은 굴뚝 때문에 모두
연기가 될 수 없다. 한 사람씩 허공을 내젓는다.
세 번 네 번 고개를 젓다 보면 저절로 굴복하는
자신의 운명을 이제 생각하지 않는다.
이 문장 말고도 생각할 것이 많다. 물질은 손을 떠날 때
한 번 더 이름을 보여준다. 그 전까지 그 이후에도
우리의 통성명은 무척 자연스럽게 이루어지고 곧 잊는다.
다시 만날 것처럼

——「이 물질의 이름」 부분

김언은 이번 시집에서 유난히 이름에 대한 촉진(觸診)을 한다. 그런데 이름의 기입이나 응고와 같은 사건의 구획으로 이름을 맞이하기보다는, 그 사건의 부적절함을 향해 있다. 「이 물질의 이름」에서 그는 "물건들 이름들 형제들 그리고 하나같이 죽는다"라고 함으로써 물질 세계의 요소들처럼 이름도 죽는데, 이 모든 죽음을, 죽음의 "더없이 많은 숫자를 다시 헤아려야 하는 이름 때문에/이 물질의 이름은 부적합하다"라고 하고 있다. 물질 뒤에 남아서, 물질을 헤아리는 이름이라는 것은 온당하지 못하다는 것이

다. 이름이 부적합하다는 것은 존재에게 가장 극적인 사건으로서의 이름을 부정하는 것이다. 따라서 이름으로 제기할 수 있는 정황들이 부정된다. "손톱은 손톱 때문에/나무는 나무 때문에 굴뚝은 굴뚝 때문에", 즉 자신의 이름들 때문에 부적합하다. 이름의 부적합성은 그러므로 존재의 부적합성으로 연결된다. 이것은 물질이 떠날 때 "한 번 더 이름을 보여준다"는 것에서 선명해진다. 이름을 보여주는 것은 아이러니하게도 자신의 부적합성을 증거한다. 여기서 이렇게 생각해볼 수 있다. 존재들은 이름을 보여주지만 이름을 보여줄 때마다 이름을 취소하는 것이라고.

　존재가 이름으로 인해, 그리고 이름을 보여주는 것이 부적합으로 생각되는 것은 무슨 까닭일까. 김춘수를 떠올려봤을 때 이름과 의미는 궁극을 향해 난 길이며, 상통하는 관념이 아니었던가. 이름은 어둠 속에서 찾아낸 질서와 같은 것이 아니었는가 말이다. 이에 대해 김언은 "우리의 통성명은 무척 자연스럽게 이루어지고 곧 잊는다"라고 한다. 이름이 그 자체 어떠한 의미의 방편일지는 몰라도 이름을 부르는 것이 혼돈 속의 이데아와 같은 것은 아니라는 것이다. 그것은 의미에의 등극이 아니며 오히려 의미를 해소하는 길이다. 우리는 통성명을 하고 서로에게 이름을 보여주지만 그럼으로써 곧 잊는다. 이름은 부적합함과 망실의 기회다. 그리고 잊음은 아마 가장 보편적으로 생각될 수 있는 취소의 방식일 것이다. 잊음으로써, 파기하는 것

이다. 바로 이름이 취소되는 순간이다. 기이한 일이지만,
보임이란 해소의 직접적 양상일 수 있다.

> 너는 배제되고 있다
> 파란색과 파란색 사이에서
> 푸른색과 푸른색 사이에서
> 블루도 아니고 그린도 아니며
> 어깨 너머 걸린 피카소의 청색시대도
> 아닌 곳에서
>   G. 그라우브너의
> 정말 순수한 빨강도 정반대편에서
> 빛나지 않는 곳에서 얼룩도 아니고
> 세척한 뒤의 얼굴도 아닌 지저분한 단색
> 요동치는 구름의 선명한 표정도 아닌 곳에서
> 되도록 이름을 멀리하며 늘 있다고
> 생각하는 사람들의 믿음과
> 착각을 배신하며
> 세상 모든 페인트 회사들이
> 뿌려놓은 이름과
>   이름 사이에서
> 지중해 눈부신 코발트빛 물결도 너를
> 살짝 비껴간다 베티 블루의 우울한
> [……]

잠시 보았던 것 같다 너의 이름을

너의 색깔과 너의 분명한 없음을

어느 주소록을 뒤져봐도 찾을 수 없다

〔……〕

너는 존재한다

　　　한가운데 너의 이름은 없다

　　　　──「청색은 내부를 향해 빛난다」 부분

　물질이 이름을 보여주어도, 존재들이 서로 통성명을 해도, 그것은 잊히고 취소되는 것이었을 때, 또 다른 방식으로써의 이름의 취소가 있다. 그것은 '배제'다. "너는 배제되고" "너의 이름은 없다". "어느 주소록을 뒤져봐도 찾을 수 없다". '너'는 배제되었고, 취소된 것이다. 배제는 잊음보다 더 직접적인 취소에 해당한다.

　배제 가운데에는 "이름을 멀리하며" "살짝 비껴" 가는 "지중해 눈부신 코발트빛 물결"에 의한 배제도 있다. 이 물결은 "이름을 멀리하"는 존재다. 멀리한다는 것은 사건으로 접수하지 않는다는 것이다. 접수되어도 취소하는 것이다. 물결은 이름을 멀리함으로써, 스스로 이름을 취소한다. 이렇게 이름은 불완전하며, 불충분하며, 물결이라는 존재에 의해 거부되기도 한다. '너'나 '물결'처럼, 배제되었건, 배제하건, 이름이 취소되거나 이름을 취소함으로써, 존재들은 이름이라는 사건 속으로 온전히 들어가지 않는 것이다.

> 누군가 나의 이름을 착한 사람이라고 부를 때
> 그 이야기의 주인공은 묵묵히 동의한다.
> 누군가 그의 이름을 악한 사람이라고 부를 때도
> 그 이야기의 주인공은 반대할 의사가 없다.
>
> 두 번에 걸쳐 그는 거짓말에 친숙해졌다.
> 그 이야기의 주인공을 말하는 사람과
> 그 이야기의 주인공이 말하는 사람은
> 늘 모함에 시달리고 모함에 빠진 자신의
> 계략을 한 번도 의심해본 적이 없다.
>
> ──「동의하는 사람」 부분

앞에서 이름을 보여주거나 이름을 멀리하는 방식으로 이름이라는 사건을 취소하는 것을 보았을 때, 이름에 대한 동의는 역설적인 것이다. 동의는 따라가는 것이지만, 한편으로 동원되지 않을 수 있는 절묘한 방법이기도 하다. 이름이라는 사건과 그 운명에 동원되지 않을 수 있는 방식이 오히려 이름에 동의하는 것이다. 어떻게 불러도 상관없다. "착한 사람이라고", 혹은 "악한 사람이라고", 뭐라고 부르든 간에 어떠한 반대도 하지 않는 것이다. 이것은 겉으로는 "모함에 빠진" 듯 보여도 실상은 "자신의 계략"이다. 어찌됐든 상관없다는 식의 이러한 동의는 이름의 밀착과 중요성을 제거하는 까닭이다. 무조건적인 동의는 무관해지는 방식의 일종이다. 그것은 아무것도 표명하지 않는 것이나 매한가지다. 무의미한 동의는 사건을 취소시키는 효과를 낳는다. 실제로 무엇이나 동의하는 사람은 아무것도 동의하지 않는 사람일 것이다.

잊음, 배제, 동의라는 상이한 방식으로 이름이라는 사건을 철회시켜나가는 이러한 태도는 다음과 같이 훨씬 미묘한 양상으로도 존재한다.

쌓인 눈이 없어서 혼자 있었다.
겨울에도 꿀벌들이 분주해서 혼자 있었다.
누구나 같은 말을 하고 있지만
하루는 맑았고 하루는 혼자였고
날짜가 없어서 풀과 꽃과 공감할 수 없는
노래 옆에 혼자 있었다.
이상한 불어 발음을 내고 있고 나쁜 아이는
문밖으로 나가면서
휴지를 버리고 조용해졌다.

　　　　　　　　　　　　　　　　　—「혼자 있었다」 부분

「혼자 있었다」는 그야말로 "혼자 있었다"라는 진술만이 반복된다. "쌓인 눈이 없어서" "꿀벌들이 분주해서" "날짜가 없어서” 혼자 있었다고 한다. 그러나 잘 살펴보면 이러 저러한 이유들은 정작 “혼자 있었다”라는 진술과는 무관하고 결국 모든 것을 차치하고 혼자 있었다는 이야기다. 눈이 없거나 꿀벌들이 분주해서 혼자 있을 수는 없는 것이다.

이 시는 세계의 현상들이 옆에 있거나 멀리 있거나, 분주하거나 태연하거나, 이렇게 태곳적부터 이후까지 영원히 혼자 있고, 혼자 있을 것 같은 사람의 비상한 고요가 느껴진다. 마치 어떠한 사건도 고요를 덮치지 못하며, 혼자 있는 사람을 침입할 수 없을 것만 같다. 여기서는 아무 일도 일어나지 않을 것이며, 일어나더라도 그 사건은 무력하게 사라질 것이다. 이는 사건이 결코 일어나지 않을 것이라는 완강함이다. 무조건적인 혼자 있음으로 어떠한 일도 발발하지 않도록, 온몸으로 방어하는 것이다. 사건은 미리 취소된다.

그런데 생각해보면 이 말은 한편 모순적이다. 발발하지 않은 사건의 취소라니? 그야말로 없는 사건, 발생하지 않은 사건이지 않은가. 하지만 모순이라고 생각했을 때, 이 시의 묘미가 있다. ‘쌓인 눈’과 ‘꿀벌’과 ‘풀’과 ‘꽃’의 세계는 아직 어떠한 연관이나 충돌 없이, 존재들 간의 진입이 없이 그야말로 막연히 존재하는 상태다. 이것들 간의 사건이 작동되지도 않았는데, “혼자 있었다”의 반복으로 사건의 생성을 원천 봉쇄하고 있는 것이다. 사건은 형성되기도 전에 벌써 증발해버린다. 여기에 사건은 나타날 수 없을 것이다. 취소라는 것은 출력된 사건뿐만이 아니라 출력되지 않은 상황까지 뒤쫓는다. 압도적인 취소다. 그렇다면 이렇게까지 취소를 하면서 사건의 잉태를 제어하는 이유는 무엇일까.

징후 2: 사건의 허구화

사건을 해산시키는 데 사건을 취소하는 방식만 존재하는 것은 아니다. 취소는 직접적인 방식이다. 취소가 용이하지 않을 때도 있다. 다 지울 수 없을 때가 있는 것이다. "앞 문장을 완전히 지워버리는 문장은 존재하지 않는다"(「팔레트」)라고 했듯이 출현한 것을 삭제해나가는 것이 경우에 따라 불가능할 수도 있다. 김언의 시에서는 이보다는 좀더 미학적으로, 사건을 허구화하는 양상이 나타난다.

물론 당연한 이야기지만 사건이나 소설은 허구다. 사건은 그 자체 구성된 것, 입안된 것이라는 의미에서 허구인 것이다. 이것은 문학이 허구라고 말할 때의 허구를 뜻한다. 그러므로 여기서 사건의 허구화라는 것은 이렇게 본래적 의미의 허구를 지칭하는 것이 아니라, 사건의 무화, 무효화를 말한다. 진행된 사건이 뒤이어 오는 다른 진술이나 구문에 의해 상치(相馳)되거나 효력을 상실하게 되는 것을 일컫는 것이다. 사건이 부정되는 의미의 취소라기보다는,

모순에 직면함으로써 실제성을 잃어버리게 된 경우다.

　모든 구문은 당연하게도 혼자 존재하거나 의미를 지니지 않는다. 시도 마찬가지다. 문맥 안에서 앞뒤 구문들과의 관련에 의해 암시나 표현이 뚜렷해진다. 뒤의 구문이 상반되거나 지속적으로 이탈하고 있다면 앞의 진술은 연계를 잃고 막연하게 존재하다가 흩어지게 된다. 김언의 시에는 이와 같은 예들이 많이 있다.

　　너는 금요일에 걷다가
　　나는 토요일에 걷고 있다
　　너는 눈을 감고 걷다가
　　나는 너의 눈을 보고 있다

　　너는 말 한마디 없이
　　나는 너의 입을 믿고 있다
　　너는 오고 있고 여전히 도착하고 있다
　　정지하는 순간 너는 내가 아니다

　　너는 날짜를 지나서
　　나는 자정에 도착할 것이다
　　열두 시 종이 열두 번 울리고
　　한 번 더 울렸다

너는 바닷가를 걷다가

나는 모래시계를 뒤집었다

　　　　　　—「너는 금요일에 걷다가」 전문

'너/나' '금요일/토요일' '걷다/보다, 뒤집다' 라는 순서
쌍들이 있다. 앞의 항들은 뒤의 항들과 단절되어 있다.
"너는 금요일에 걷"고 있었고, "나는 토요일에 걷고 있다".
그런데 어떻게 해서 '너' 는 '나' 로, '금요일' 은 '토요일' 로
변하는 것일까. 마찬가지로 "너는 〔……〕 걷다가" 는 "나
는 〔……〕 보고 있다", 혹은 "나는 〔……〕 뒤집었다"로
대체된다. 앞의 항들이 뒤의 항들로 대치됨으로써, 사건
전체가 모호해진다.

　이 대체를 담당하는 것은 '~ 다가' 라는 연결 구문이다.
이것은 연결 구문이지만 연결이 아니라 단절로 작용하며,
어떠한 연계도 없이 앞의 항들이 뒤의 항들로 전환되도록
한다. 그리고 이렇게 바뀌어나감으로써 항들은 실제성을
잃어버리고 사라진다. 상황들은 연속되는 것이 아니라 다
른 상황에 의해 대리될 뿐이다. 대신하고 대신하는 문장의
전환만이 남는 것이다.

　사실 '금요일의 너' 와 '토요일의 나' 라는 상황은 무관한
것이다. 이 무관한 상황의 대체를 통해 하나의 사건이 해
체되고 허구가 되어가는 모습을 그리고 있다. 이 세계에는
금요일에 걷는 무수한 '너' 라는 존재들과 토요일에 걷는 또

무수한 '나' 라는 존재들이 있지만 이들은 영원히 만나지 못하고 무의미하게 병치되며 대리하고 사라져간다. 모든 사건은 공상에서 일어난 듯하다. 허구가 바로 이런 것이 아닐까.

한 사람이 죽고 아파트 경비가 그 사실을 발견한다
그의 부친이 고향에서 달려오고 장례는 간소하게 치러졌다

다음 날
아버지는 아직도 오고 있다

밤늦게까지
지하철과 버스가 시내를 돌아다닌다
　　　　　──「죽은 지 얼마 안 된 빗방울들의 소설」 부분

몇 가지의 상황이 등장한다. 한 사람이 죽었다. 아파트 경비가 발견한다. 부친이 온다. 장례가 치러진다. 이 각각의 상황들은 얼마만큼 관련이 있을까. 시간적으로 전후라는 것으로 모든 관련을 증명할 수 있는 걸까. 아니, 전후이기는 한 것일까. 상황들을 연결해서 사건으로 전환할 수 있는 요건이라는 것이 존재하는가 하는 말이다. 확실한 것은 아무것도 없다. 모두 (떨어져 있는) 개별적인 장면들이고, 연결되지 않는 듯 보인다. 어떤 장면은 일회적이고 또

어떤 장면은 끝나지 않는 것이기도 하다. "다음 날/아버지
는 아직도 오고 있다"와 같은 장면은 장례 이전에 놓였던
자리를 잃고 장례 이후에도 떠돌고 있다. 장례식 이후에도
계속 오는 아버지는 장례라는 사건을 허구화한다. 아버지
는 무엇 때문에 계속 오고 있는 것일까. 아버지는 장례식
때 도착은 했던 것인가.

　상황들이 길을 잃고 접속이 되지 않는 것은 사건을 가공
의 것으로 만들어버린다. "밤늦게까지/지하철과 버스가
시내를 돌아다"니는 것은 어떠한 층위에서 벌어지는 일일
까. 이것이 장례식과 연관이 있을까. 아버지가 계속 오고
있는 층과 지하철과 버스가 돌아다니는 층은 같은 층이 아
니다. 바로 뒤에는 "둘이 만나는 순간은 없다"라는 구절이
등장한다. 상황들은 만나지 않는다. 사건이란 없다. 이 시
는 한 사람의 죽음이 사건으로 집중되지 못하는 기이한 산
개를 그리고 있다. 이 시를 계속 읽다 보면, 이를테면 아
파트 경비가 고향에서 달려오고, 장례가 아직도 오고 있
고, 지하철과 버스가 죽고, 아버지가 시내를 돌아다니는,
엇갈리는 분절과 배회가 떠오른다. 모두가 무관하고 배회
하고 허구에 지나지 않는 듯이 보이는 것이다.

　　쓰러졌던 피아노가 다시 일어서고
　　흩어졌던 알약들이 다시 모이고
　　떨어졌던 빗방울이 다시 구름의 형체를 찾아간다 너무도

자연스럽게

　던져졌던 야구공이 투수에게로 돌아온다

　발사되었던 총알이 얌전하게 장전되고

　찢어졌던 상처가 칼자국을 버리고 다시 아문다

　과녁에 박혔던 화살이 공기를 가르며 맹렬하게 돌아온다

시위대를 향해

　헤엄쳐 오는 성난 화염병과 돌 조각이 공중에서 뚝 멈출 때

　참았던 숨을 터뜨리며 올라오는 익사자의 발광하는 몸짓이

　서서히 여유를 찾아간다 그는 헤엄을 치고 있다

　평화로운 바닷가의 날씨가 돌변하기 전까지

　더듬더듬 길을 찾아서 돌아가는 그의 캠핑카는

　방금 전에 생긴 사건을 까마득히 모른다 다시 고향으로 돌

아갈 때까지

　계단 위에 계단을 쌓던 파도가 차곡차곡 허물어지고 있다

　영점을 맞추기 위해 궁사가 다시 활을 집어 든다

　　　　　　　　　　　　　　　　　——「영점」 전문

　'영점'은 무엇인가. 조준점이라는 뜻이지만, 문맥상 사
건이 발생하기 이전으로 읽을 수 있다. 진행되는 듯이 보
였던 사건은 원점으로 돌아간다. "쓰러졌던 피아노"나 "흩
어졌던 알약들" "떨어졌던 빗방울" "던져졌던 야구공" "발
사되었던 총알" "찢어졌던 상처" 등은 모두 발생 이전으로
돌아간다. 발생한 사건들을 발생 이전으로 돌리는 것은 사

건을 그 자체 허구로 만들어버리는 것이다. 아무 일도 일어나지 않은 것으로 꾸며내는 것이다.

사건은 허위다. 혹은 허위가 된다. 그런데 어떻게 해서 이런 일이 벌어지는 것일까. 무엇이 사건을 허위로 되돌리는 것일까. 이것이 어떤 시적 공상이든 의식의 작동이든, 분명한 것은 사건의 일원성을 해체해버리려는 시도로 읽을 수 있다는 점이다. 사건은 지배적이다. 출력되었다는 점에서 지배적이다. 사건은 존재와 상황을 연루시키고야 만다. 그것이 아무리 서서히 진행되거나 떨어져 있더라도 우리는 이 통치에서 자유로울 수 없다. 사건은 시시각각 우리를 심문한다. 우리 모두는 사건의 피의자다. 이때 사건을 허구화하는 것은 취조받는 존재의 버둥거림이라고 할 수 있다. 모두가 움직인다. 사건으로부터 놓여나기 위해, 사건의 허구화를 위해, 스스로 허구가 되기 위해 움직인다. 아니, 허구를 탈환하기 위해 움직인다. 살아 있다는 것은 허구를 되찾는 것이다. 허구의 "영점을 맞추기 위해" 존재하는 것이다. 김언 시의 냉담하고 치밀한 공작성은 이 세계 위에 드리워져 있는 사건이라는 형태로 출력된 모든 그물 사이를 빠져나감으로써, 그물을 허구로 만들어버리는 데 있다.

징후 3: 한없이 무관해지기

　김언의 이번 시집은 사건을 취소하거나 무효화 · 허구화함으로써 사건으로 표상되는, 존재를 덮치는 모든 것에 의구심을 제출하는 것이라 할 수 있다. 내발적이든, 외발적이든 출력된 것과 절연하고자 하는 지치지 않는 시도가 이를 증거한다. 동시에 이를 위해 이 세계로부터 무연한 언어적 단자를 시연하고자 한다. 세계, 사건, 의미와 존재의 격차를 만들어내고, 시차를 가정하고, 그 관련이 해지된 순간들을 언어로 살펴보는 것이다. 이와 같은 과정을 거치며 김언의 시들은 많은 경우, 언어의 트집을 통해 무관하고 이질적인 상황의 겹을 구출해낸다. 아니, 좀더 적절하게 표현하면 무관하고자 하는 순간을 구성해낸다.

　어떻게 보면 김언의 시는 한 문장 안에서, 또는 문장과 문장 사이에서 존재와 상황들이 내홍(內訌)을 겪는 것으로 보이기까지 한다. 그러면서도 이 내홍이라는 것이 어떤 공통된 요소로의 환원이나 소통의 탈환을 향하지 않는다는 데 묘미가 있다. 오히려 그 반대다. 좀 이상하게 들릴지 모르지만 마치 서로 마주치지 않기 위해 일으키는 내분처럼 보이는 것이다. 서로 마주치고 접선하고 공명을 일으키는 사건이 우리가 납득할 수 있는 상황의 설정이라면 사실상 그가 제시하는 상황들은 서로 피하기 위해 움직이는 것 같다. 그래서 상황은 항상 꺾이고 급정거하고 튀어 나간다. 그래서 문장이 성한 것이 많지 않다. 문장의 성분들이 호응을 제대로 이루지 않을 뿐 아니라 불편을 무릅쓰고 결합되는 것도 모두 이 때문이다. 예상을 배반하는 뒤틀린 병치와 방향의 전환이 자주 일어나는 것이다.

예를 들어 "아무도 외롭지 않은/당신의 각오는 왜 혼자 있는가" (「외로운 공동체」), "나는 말없이 착한 사람이 되어가는 어느 맹인의 손가락이 가리키는 증오를 한 번 더 오해한다" (「이미 사라진 주어를 어떻게 찾을까?」) 와 같은 구절들이 수시로 등장한다.

"아무도 외롭지 않은" 과 "당신의 각오" 의 연결은 어색하기만 하다. 이것을 '아무도 외롭게 하지 않으려는 당신의 각오' 나, '당신의 각오는 아무도 외롭게 하지 않는다' 로 연결시켜 읽는 것은 적절하지 않다. 시인의 의도는 두 구문 사이에 심연을 설정하는 데 있고, 이 심연 위에 다리를 놓지 않는 데 있고, 결국 양자가 만날 수 없게 하려는 데 있다. 시를 주어진 대로 읽을 필요가 있다. "당신의 각오는 왜 혼자 있는가" 라는 뒷부분도 마찬가지다. '각오' 와 '혼자 있다' 의 결합에서도 볼 수 있는 불편함은 김언에게는 항시적인 것이다. 피수식과 수식으로 만날 수 없는 구문들이 만나면서 무리한 병치가 강조된다. 이는 사건이 온전히 발생하는 것을 저지하여 사건은 뒤틀리고 만다.

다음 구절에서도 '착한 사람' '맹인' '손가락' '증오' '오해' 등이 계속 꺾이면서 결합된다. "착한 사람이 되어가는 어느 맹인의 손가락"은 왜 '증오'를 가리키는가. 그리고 그 '증오'가 실은 나의 '오해'라고 하면 '맹인'과 '증오'는 이상한 결합을 이루다가도, 결합되자마자 떨어져 나간다. '착한 사람'과 '맹인'은 관련이 있다가 없고, 있는 것인지 없는 것인지 알 수 없으며, 한마디로 무관한 것임이 드러난다. 이러한 복잡한 내막들이 한 구문 아래 섞여 있다. "너의 손으로 나의 입을 말하던 때가 이상하게 큰 지하실을 만들어놓았다. 〔……〕쥐어짜면 여러 목숨을 먹여 살리는 찌꺼기가 흘러나와서 손톱은 검다. 〔……〕몸을 뒤집으면 전혀 다른 악보가 펼쳐지는 사막도 따지고 보면 지하수가 흐르는 시간"(「추신」)과 같이 무어라 형용할 수 없는 국면들이 흘러넘치는 예들은 시집 도처에 편재한다. 이러한 구문들은 사건의 용기(容器)를 끓어 넘치며, 이질적인 방향으로 흩어져간다.

　　함성은 고요하다.
　　눈 내리는 소란을 귓속에서 다시 저장하고 있다. 고요하게 고요하게
　　함몰해가는 의지를 더 크게 더 크게 몰두하면서 나는 무관해지고 있다.
　　시간이 더 필요한가? 한없이 끓는 소리밖에 안 들린다.
　　공간이 더 필요한가? 한없이 무관해지는

밥을 익히고 있다. 좀 전에 다 되었다는 소리를

귓속에서 다시 듣는다. 압력을 풀고 김이 모락모락 나는

그 소리를

가능한 한 멀리 가서 내다 버려야 한다는 생각을 휘휘 젓

고 있다.

──「한없이 무관해지는」 부분

제목을 비롯해 본문에 '무관'이라는 말이 여러 번 등장하는 이 시는 예의 그 불편한 결합들이 우선 눈에 띈다. "함성은 고요하다" "눈 내리는 소란" "함몰해가는 의지" "몰두하면서 나는 무관해지고 있다"와 같은 구문들은 수식하는 말과 수식되는 말들이 다른 정향을 갖는다. '함성'과 '고요', '눈'과 '소란', '함몰'과 '의지', '몰두'와 '무관'은 사실상 '무관한' 것들인데 나란히 놓여 있다.

이러한 배치는 김언에게는 아주 익숙한데, 그는 이를 "한없이 무관해지는/밥을 익히고 있다"와 같이 유니크하게 표현한다. "무관해지는/밥"이란 어떤 것일까. 우리는 흔히 밥을 고통이나 노동, 희망, 인생 등과 연관시켜 생각하곤 한다. 하지만 실상 밥은 그냥 밥이다. 이질적인 딱딱한 쌀알과 물과 불이 만나 전혀 다른 상태의 말랑말랑한 어떤 것이 되는 것이다. 무어라고 표현하든 밥은 이 세계의 소란과 무관하다. 비관적이거나 낙관적인 상황에 아랑곳없이 끓고 익는다. 이 익어감을 시 속에서 여러 무관한

상황들의 익어감으로 표현하고 있다. 시는 "한없이 무관해
지는 밥"의 익어감과 같은 것이다.

'한없이 무관해지는' 것, 현상들의 무관을 감각하고 그
것을 무관한 상태로 익혀 무관한 밥을 만드는 것, 김언이
머물러 있고자 한 상태를 이렇게 표현할 수 있을 것 같다.
사건으로 통합됨이 없이 낱낱이 명료한 세계, 낱낱이 개별
적으로 움직이는 세계, 무관할 수 있는 세계 말이다.

> 당신의 배경은 종이인가 담벼락인가 다 구겨진 영사막인가
> 당신은 뚜렷이 서 있는 방법을 잊어버렸다 창문도 대문도
> 벽도 없는 공간이 만들어놓은 안식처에 당신은 겨우 붙들
> 려 있다
> 〔……〕
> 거의 모든 것이 비어 있는 금속의 내면이 어떤 함성에도
> 움직이지 않을 때 공기를 가르는 비행의 흔적은 균열을
> 가르는 망치와 정의 끝에서 시작하는 막다른 충격과
> 얼마나 다른가 얼마나 엇비슷한가 다 엎질러진 물빛에도
> 얼굴이 굳는다
> ──「거의 비어 있다」 부분

김언 시에서 느껴지는 각별한 명징성은 아마 이러한 무
관함에서 비롯된 것인지도 모른다. 무관함을 떠올리면 "뚜
렷이 서 있는 방법을 잊어버렸다"는 진술로 들어설 수 있

다. 관련이 있는 자만이 이 세계에 뚜렷이 직립하려는 것이다. 무관한 자는 "창문도 대문도/벽도 없는 공간"에 "겨우 붙들려 있"다. 그는 이 불가능한 배경 속에 흩어져 있는 개별의 가능성이며, "거의 모든 것이 비어 있는 금속의 내면"이다. 내용으로 채워져 있지 않은 이 '금속'은 "어떤 함성에도 움직이지 않"는다. 동요되지 않는다.

이 금속은 마치 칼로 잰 듯 선명한 것이 인상적이다. 여기에는 아무것도 없다. 외부와 무관한 지점이며, 어떠한 시끄러운 일에도 동원되지 않는 정지의 순간이다. 이것을 무관에의 도달이라 할 수 있지 않을까. 그리고 어떠한 현상에도 가담하지 않는 이 비어 있는 혼자는 그 절대성으로 마치 세계와 추상적인 균형에 도달한 듯한 느낌을 자아낸다.

미안하지만 우리는 점이고 부피를 가진 존재다.
우리는 구이고 한 점으로부터 일정한 거리에
있지 않다. 우리는 서로에게 멀어지면서 사라지고
사라지면서 변함없는 크기를 가진다. 우리는 자연스럽게
대칭을 이루고 양쪽의 얼굴이 서로 다른 인격을 좋아한다.
피부가 만들어내는 대지는 넓고 멀고 알 수 없는
담배 연기에 휘둘린다. 감각만큼 미지의 세계도 없지만
삼차원만큼 명확한 근육도 없다. 우리는 객관적인 세계와
명백하게 다른 객관적인 세계를 보고 듣고 만지는 공간으로
서로를 구별한다. 성장하는 별과 사라지는 먼지를

똑같이 애석해하고 창조한다. 우리는 자연으로부터 나왔
지만
우리가 만들어낸 자연을 부정하지 않는다. 아메바처럼
우리는 우리의 반성하는 본능을 반성하지 않는다.
우리는 완결된 집이며 구멍이 숭숭 뚫려 있다.
우리의 주변 세계와 내부 세계를 한꺼번에 보면서 작도
한다.
우리의 지구가 어디에 있는지 모른 채 고향에 있는
내 방을 한 치의 오차도 없이 찾아간다. 거기
누가 있는 것처럼 방문을 열고 들어가서 한 점을 찾는다.
　　　　　　　　　　　　　　　──「기하학적인 삶」 전문

추상의 정점은 기하학일 것이다. 이 시는 인간, 존재,
삶에 대한 총체적인 진술을 하고 있음이 분명한데, 시라고
이야기하기 어려운 어떤 '작도' 같이 느껴진다. 인간과 삶
에 대한 작도를 할 수 있을까. 이것은 누군가의 삶이라기
보다 마치 종(種)으로서의 인간 삶의 패턴을 구성해놓은
것 같지 않은가. 그렇게 건조하고, 무심하고, 무관계하니
말이다. 하지만 초월적이라기보다는 추상적이다. 점, 부
피, 구, 거리, 크기, 대칭, 삼차원, 오차, 작도와 같은 말
들이 늘어서 있는 것들도 그러하거니와 제목으로 쓰인 '기
하학'은 말할 것도 없다. 인간의 삶을 '기하학적인 삶'이
라고 지칭하는 것은 유기적이고 생물학적인 특성을 사상

한, 무기체적 삶으로의 이동으로 보인다. 이 세계에 어떠한 유의미한 사건도 일어나지 않게 될 거라는, 냉담한 균형과 평정이 여기에는 있다. 설사 일어나더라도 결국 "자연스럽게 대칭을 이루"고야 마는 '기하학적인 삶'인 것이다. 기하학은 사건이 사라진 세계다. 사건은 유기체적인 것이며, 생명이 있으며, 돌아다니는 것인 까닭이다. 기하학적 인간은 생물체의 사건에 휘둘리지 않을 것이다.

「기하학적인 삶」에서 우리는 김언 시의 한 전형을 본다. 얼핏 객관적으로 보이는 그의 시는 그러나 관찰이 아니다. 관찰은 자아나 주체, 즉 시점을 가진 존재가 하는 것이다. 정서도 아니다. 정서는 일정한 위치를 점하고 정념이나 입장을 표명하는 고정된 존재가 있어야 한다. 최소한 그러한 존재를 가정하는 페르소나가 있어야 한다. 김언 시에는 그러한 존재나 존재의 고정점이 없다. 페르소나와 포즈가 없다. 이것이 그의 시를 무기체적으로 만든다. 그의 시에서 우리가 마주치는 시선은 존재를 뚫고 나온 것이 아니다. 존재에 속해 있지도 않다. 물론 존재를 경유하지 않기에 그의 시는 비상한 명석함을 갖는다.

무관하다는 것은 무엇인가. 그것은 기하학으로의 기계적 환원이 아니다. 김언의 시가 추상적이고 기하학적인 방향으로 자주 기우는 것은 이러한 존재의 원근법, 더 적절하게는 내면의 원근법을 벗어나고 있기 때문일 것이다. 그의 시에는 심리적, 관념적 원근법이 소멸되어 있다. 내면

184

의 함몰이 없으며, 내면의 안개가 없다. 대개 그의 시는 존재의 밖에서, 외부 어딘가에서, 우리가 알 수 없는 미지의 지점에서 온다. 그 음성은 위치를 정확히 알 수 없는 허공에서 튀어 나오는 것처럼 균형 있고 무관하다. 내면으로부터는 이룩할 수 없는 평형 상태를 보여주고 있는 것이다. 이것이 무관의 정체다.

운집(雲集) 바로 옆

사건은 항상 행위하고 있는 어떤 것으로 생각할 수 있다. 출력이란 다름 아닌 행위의 출력인 것이다. 초기에 김언은 사건을 존재의 형성이나 발성의 일환으로 생각한 것으로 보인다. 사건이 존재를 파고드는 행위에 흥미를 느끼고 있는 것이다. 그는 일정한 거리를 두고 사건이 자라도록 내버려두며, 사건을 키우는 듯이 보이기도 한다.

하지만 사건이 성숙해지고 단단해지면, 사건이 제 나름의 시간을, 무엇보다도 정신을 산출한다는 것은 자명해 보인다. 사건은 존재를 덮는다. 허공을 덮는다. 사건은 속성을 갖게 되는 것이다. 그것은 존재의 일환이기보다는 존재의 관성이며, 트랙이 된다. 다 자란 사건은 엄격한 거리를 유지할 수 없게 만든다. 바로 사건의 지배다.

이는 김언 시의 보폭과 잘 맞지 않는 것이다. 기하학적

감각을 소지한 그는 사건이 정신이 되는 것은 바라지 않는다. 사건이란 식별할 수 있는 것이어야 하기 때문이다. 따라서 사건의 지배에 대한 거부가 나타나게 된다. 그는 사건을 탐사하지만 사건을 목적으로 하는 것은 아니다. 사건이란 형성과 해산의 도정일 뿐이다. 어느 한 지점에의 경도는 아니다. 이번 시집에서 그는 사건과 싸우거나 사건을 부수지 않고, 사건의 취소와 무효화라는 탐미적 여정에 들어선 셈이다.

김언 시의 이러한 자취는 최근 시에서 예외적인 독자성을 갖는 것이다. 우리는 감각이 형성되면 감각의 지배를 받으려 하고, 문체가 성립되면 문체를 입으려 한다. 언어의 유희가 나타나면 유희의 편에 섬으로써 유희가 제국이 되게 하는 것이다. 우리는 남김없이 따르면서 운집을 이룬다. 모든 것이 정신이 되게 하는 것이다. 정신으로 탈바꿈시키는 것이다. 정신이 되기 위해 기다리고 있는 현상, 사건 들이 즐비하다.

우리는 무관을 모른다. 시가 사건과 무관해지는 법, 시가 말과 무관해지는 법, 시가 시와 무관해지는 법을 모른다. 유착과 관련의 곡절 속으로 자맥질하지 않고, '무관(無關)'이라는 이 난맥의 가능성을 탐험하는 것이 김언의 시다. 말, 대상, 현상, 시가 한자리에 모여, 사건을 이루지 않고, 사건의 정신으로 정련되지 않고, 모두 다른 곳을 향할 수 있는 다층성이 그의 시인 것이다. 그의 무관이 머물지 않는 도정이고 길이라면 그 길에서는 사건이 해산된다. 어쩌면 그것은, 출력의 가능성을 소멸시킬 정도로 작아지기 때문에 '그보다 더 작은 것을 생각할 수 없는 존재'인 에코의 무출력 기계에까지 닿는 길일 수도 있다. 그와 같은 상상할 수 없는 극미함도 초대할 수 있는 길 말이다. 이것은 분명 너무도 낯선 길인데, 지금 멈춰 있는 우리의 짧고도 긴 운집 바로 옆을 지나가고 있다. ▨